내가 제일 잘 나가는 재벌이다

봉황송 현대판타지 장편소설

내가 제일 잘나가는 재벌이다 17

초판 1쇄 발행 2025년 2월 21일

지은이 ㅣ 봉황송
발행인 ㅣ 최원영
편집장 ㅣ 이호준
편집디자인 ㅣ 박민솔
영업 ㅣ 김민원 조은걸

펴낸곳 ㅣ ㈜ 디앤씨미디어
등록 ㅣ 2002년 4월 25일 제20-260호
주소 ㅣ 서울시 구로구 디지털로32길 30 코오롱디지털타워빌란트 1301-1308호
전화 ㅣ 02-333-2513(대표)
팩시밀리 ㅣ 02-333-2514
E-mail ㅣ papy_dnc@dncmedia.co.kr
블로그 ㅣ blog.naver.com/gnpdl7

ISBN 979-11-364-5985-5 04810
ISBN 979-11-364-4879-8 (SET)

※ 저자와 협의하여 인지는 붙이지 않습니다.
※ 이 책은 ㈜ 디앤씨미디어(파피루스)가 저작권자와의 계약에 따라 발행한 것으로 본사와 저자의 허락 없이는 어떠한 형태나 수단으로도 내용을 이용할 수 없습니다.

내가 제일 잘나가는 재벌이다 17

봉황송 현대판타지 장편소설

제1장. 스포츠 문화 ································ 7

제2장. 컬러텔레비전 ······························ 31

제3장. 천명 ··· 55

제4장. 강남 ··· 79

제5장. 지하철 ······································ 103

제6장. 눈물 ··· 127

제7장. 대현조선소 ······························· 151

제8장. 인사 청탁 ································· 175

제9장. 나노 징크옥사이드 ···················· 199

제10장. 화장품 성분 표시 제도 ············ 235

제11장. LNG 산업 ······························ 259

제12장. 고향 ······································· 295

제1장.
스포츠 문화

스포츠 문화

차준후의 개입으로 한국 축구에 새로운 바람이 불고 있었다. 이전에 없던 대한민국만의 축구 리그라는 새로운 문화는 국민들에게 활력소가 되어 주었다.

또한 전국실업축구연맹전이 펼쳐지면서 대한민국 축구는 질적으로도, 양적으로도 점점 성장하기 시작했다.

중·고등학교에 축구팀이 만들어지고, 프로 선수를 지망하는 학생들이 생겨났다.

"난 커서 축구선수가 될 거야."

"아빠가 지원해 주마. 꼭 SF 축구단의 선수가 되어라."

"알았어."

장래희망으로 축구선수를 이야기하는 아이들이 늘어났다.

* * *

　전국실업축구연맹전이 시작되며 차준후를 찾는 기자들이 더욱 늘어났다.

"대표님, 인터뷰 좀 부탁드려요."

"인터뷰 좀 해 주세요 제발요."

"오늘 인터뷰하지 못하면 저 신문사에서 잘릴지도 몰라요."

　기자들은 차준후의 한마디를 듣기 위해 난리였다.

　이전에도 기자들이 이렇게 차준후를 찾아오지 않던 건 아니지만, 사실 울산공업단지와 경부고속도로는 생겨난다고 해서 어떻게 달라질지 국민들이 체감하기 어려운 문제였다.

　그러나 이번 SF 축구단 창단과 전국실업축구연맹전은 당장 눈앞에 생긴 놀거리였기에 국민들의 관심이 남다를 수밖에 없었다.

　그리고 그것은 농한기이기에 더더욱 그러했다.

　도시로 이동을 하는 농촌 인구가 많이 늘어나긴 했지만, 여전히 전체 인구의 과반 이상이 농촌에 거주하고 있었다. 무려 대한민국 인구의 과반이 농한기인 겨울철이 찾아오면 딱히 할 일이 없어지는 셈이었다.

　부지런한 농민들은 새끼를 꼬거나 가마니를 짜면서 시

간을 보냈지만, 그것은 그저 시간을 때우는 것에 불과했다.

그런 와중에 개최된 전국실업축구연맹전은 작년에 서울에서 개최되었던 아시안컵에서 우승하며 끓어오른 열기를 이어 나갈 수 있게 만들어 주었다.

"인터뷰에 응해 주셔서 감사해요."

모처럼 차준후와 단독 인터뷰를 할 수 있게 된 이하은이 환하게 웃으며 이야기했다. 이하은과 차준후의 인연은 계속 이어지고 있었다.

"저도 기사로 써 주셨으면 했던 게 있었으니까요."

어차피 어느 기자와는 인터뷰를 해서 이번 축구단 창단에 대해서 이야기하려고 했다. 그러니 일방적으로 이하은을 챙겨 주려고 한 건 아니었기에 감사를 받을 일은 아니라고 여겼다.

그러나 이하은 그렇게 생각하지 않았다.

"그렇다고 해도 꼭 저에게 이야기해 주실 필요는 없었던 건데, 제 입장에서는 너무 고맙죠. 아, 그만 인터뷰 진행할까요? 대표님께서 갑자기 실업축구팀을 창단하신 이유가 무엇인가요?"

"이번에 대한민국 축구대표팀은 아쉽게 월드컵 본선 진출에 실패했습니다. 패배에는 여러 원인이 있겠지만, 저는 대한민국 축구계가 선수들을 충분히 지원해 주지 못할 만큼 척박하기 때문이라고 봤습니다. 그래서 이번에 국가대표팀에 후원을 결심하며, 동시에 대한민국 축구계가 더 활성화될 수 있는 계기가 될 수 있도록 축구단을 창단하게 되었습니다."

"칠레 월드컵 예선 결과는 너무 아쉬웠죠. 다음 월드컵에서는 꼭 본선에 진출할 수 있도록 대표님께서 많은 신경을 써 주세요."

"제가 할 수 있는 일이라면 기꺼이 도울 겁니다. 상대팀 분석을 위한 지원, 훈련장 지원, 해외 전지훈련 비용 후원 등 해야 할 일이 많네요."

알아보니 지금의 축구 국가대표팀은 21세기처럼 전문적이지 않고 주먹구구식으로 운영되고 있었다.

차준후는 아낌없는 지원과 함께 21세기의 축구 지식으로 이 시대의 대한민국 축구계를 개선시키고자 했다.

"말만 들어도 대단하네요. 방금 이야기해 주신 계획을 기사로 내보내면 큰 화제가 될 거예요. 이어서 질문드릴게요. 이번에 대표님께서 개최한 전국실업축구연맹전이 국민들에게 큰 활력을 불어넣어 주고 있다는 사실 알고 계신가요?"

"제가 바라던 게 그것이기도 합니다. 관중은 선수들을 응원하고, 선수들은 그 보답으로 즐거움을 선사하는 스포츠 문화는 하나의 축제로 나라 전체에 활력을 줄 수 있는 힘을 가지고 있죠."

"스포츠 문화라고요? 어떤 의미인가요?"

"운동에 기반하여 이루어지는 모든 문화적 활동을 의미합니다."

"대표님의 말씀은 운동도 미술, 음악, 문학, 영화와 비슷한 문화적 역할을 할 수 있다는 말씀이시죠?"

대한민국이 월드컵이나 아시안게임 등 국제 대회에 출전하기 시작한 건 1954년, 지금으로부터 불과 7년 전에 불과했다.

물론 이 당시에도 야구, 축구, 배구, 농구 등 다양한 구기 종목들을 즐기는 이들은 있었지만, 제대로 된 규칙 아래에서 하나의 문화로 자리 잡기에는 아직 인프라가 충분치 못했다.

"예, 맞습니다. 수준 높은 스포츠는 직접 경기에 나가는 선수들뿐만 아니라, 보는 이들마저도 열광시킬 수 있는 힘을 가지고 있습니다."

차준후는 2002년을 떠올렸다.

수많은 이들이 거리에 나와 열광적으로 대한민국 축구 국가대표팀을 응원하며 하나가 되었다. 그때 대한민국은 전 국민이 하나가 되어 축제를 즐겼다고 해도 과언이 아니었다.

"이처럼 깊은 뜻이 있었을 줄은 몰랐어요."

이하은이 눈을 동그랗게 치켜떴다.

그러면서 방금 들었던 스포츠 문화 이야기를 수첩에 빼곡하게 적어 넣었다.

특종이었다.

다른 기자와 신문사들은 전혀 생각하지도 못한 특종을 차준후에게 직접 들었다. 그녀의 입가에 절로 미소가 새어 나왔다.

차준후는 축구계를 위해서, 그리고 스포츠 문화를 대한민국에 뿌리기 위해서 축구단을 창단했다. 스카이 포레스트는 사업적 이득도 이득이었지만, 사회적 책임을 다하는 기업으로 남아야 했다.

"국내외적으로 많은 어려움이 산적한 시기입니다. 스포츠를 통해 강인한 정신력을 키우고, 단합을 키워야만 합니다. 스포츠 문화는 국민 화합을 이룩하는 데 큰 도움이 될 겁니다."

차준후는 분열된 국내 상황을 보면서 안타까워하고 있었다.

군사정부가 들어서면서 야당과 학생, 언론인, 종교인 등을 탄압하면서 그렇지 않아도 좋지 않았던 상황이 더욱 암담해졌다.

그런데 전 국민이 함께 즐길 수 있는 스포츠 문화가 활성화된다면, 조금이나마 분위기를 환기시킬 수 있을 터였다.

"대표님은 정말 멀리까지 내다보고 계시네요. 어떻게 이런 게 가능하신 거죠?"

축구단 창단에 이처럼 깊은 뜻이 담겨 있었을 줄 이하은은 정말 몰랐다.

이건 현재와 함께 먼 미래까지 내다보는 기업의 사회적 책임이었다. 그리고 이런 국민적 화합은 기업이 아닌 국가가 나서야 할 일이었다.

그런데 사기업인 스카이 포레스트가 대한민국이 잘될 수 있도록 누구보다 앞장서고 있었다. 누가 뭐라고 해도 대한민국을 이끌어 가고 있는 건 스카이 포레스트였고, 그 중심에 바로 차준후가 존재했다.

"하다 보면 멀리까지 보게 되더라고요. 이하은 기자님이 저의 입장이었다면 똑같이 하실 수 있을 겁니다."

감탄 어린 눈초리를 보내고 있는 이하은을 보면서 차준후가 담담하게 이야기했다.

미래에서 왔으니까.

"전 못할 거에요. 돈 한 푼 쓰는 것도 벌벌거리는데, 어떻게 그 많은 돈을 투자할 수 있겠어요. 그건 말도 안 돼요."

이하은이 곧바로 부정했다. 돈이 있다고 해서 할 수 있는 일이 아니었다.

"대표님은 어떤 경제인보다 가슴 깊은 곳에 높은 이념을 가지고 계세요. 인터뷰를 할 때마다 절로 고개가 숙여진다고요."

스카이 포레스트 이전에 국내 재계 서열 1위에 있던 성삼은 기업의 사회적 책임에 대해서 약간 미흡했다.

오히려 구설수들이 많았다. 성삼의 성장을 자세히 살펴보면 여러 가지 문제들이 잔뜩 튀어나온다. 편집부에게 반려되었지만 성삼의 비리에 대해 기사를 내보내고 싶은 적도 있었다.

* * *

실업축구협회 회장인 오룡그룹 이찬동 회장이 차준후를 찾아왔다. 그는 실업축구협회를 잘 이끌고 있다는 호평을 받고 있었다.

"안녕하십니까. 오룡그룹을 이끌고 있는 이찬동이라고 합니다."

"차준후입니다. 반갑습니다."

"드디어 만나 뵙게 되는군요."

이찬동이 차준후를 보면서 웃었다.

"저 때문에 고생하시고 있다고 들었습니다. 죄송합니다."

차준후는 그의 행보 탓에 이찬동이 곤욕스러운 상황에 처했다는 소식을 전해 들었다.

바로 문교부 체육국에서 이찬동에게 실업축구협회 회장 자리를 내려놓을 것을 요청했다는 소식이었다.

말이 요청이지, 명령이나 마찬가지였다. 차준후가 아니고서야 정부의 요청을 무시할 수 있는 인물은 없었다.

그동안 실업축구협회를 위해 적잖은 시간을 쏟아부으며 애썼던 이찬동으로서는 억울한 일이었다.

"아닙니다. 저는 기회가 있으면 실업축구협회 회장 자리를 내려놓으려고 했습니다. 차준후 대표가 있어서 편한 마음으로 퇴임할 수 있게 됐습니다."

이찬동이 의사를 명확히 밝혔다.

실업축구협회 회장 자리는 가장 잘 이끌 수 있는 사람이 맡는 것이 옳았다. 그리고 그 자리는 누가 뭐라고 해도 차준후의 몫이었다.

축구를 사랑하는 그는 정말 시원했다.

"……."

차준후가 잠시 생각에 잠겼다. 빼앗는 것처럼 느꼈기 때문이었다.

"회장 자리를 지키고 싶었다면 솔직하게 지금 이야기했을 겁니다. 그러나 저보다 대한민국 축구를 제대로 발전시켜 줄 수 있는 사람은 차준후 대표입니다. 저 때문에

스포츠 문화 ⟨17⟩

망설이지 마세요."

대한민국 축구의 발전은 시급했다.

1962년에 굵직굵직한 대회들이 몇 개나 있었고, 일본과의 아시안게임 대결도 있지 않은가. 일본과의 대결에서 필승하기 위해서는 차준후의 힘과 지원이 필요했다.

"그렇게까지 말씀해 주시면 제가 맡아 보겠습니다. 열심히 노력해서 대한민국 축구가 우뚝 설 수 있도록 만들겠습니다. 저 혼자 모든 걸 할 수는 없는 노릇이니, 앞으로 많은 도움 부탁드립니다."

며칠 후, 스카이 포레스트의 회의실에서 실업축구협회 대의원총회가 열렸다. 이 자리에서 만장일치로 차준후가 실업축구협회 회장으로 선출됐다.

"축하드립니다, 차준후 회장님."

"기대가 큽니다, 회장님."

대의원들이 차준후에게 원하는 건 명확했다.

실업팀을 운영하고 있는 대의원들은 오롱그룹처럼 사기업 회장도 있었고, 은행장도 있었으며, 서울시와 경기도의 고위직 공무원들도 있었다.

그들은 하나같이 차준후에게 잘 보이기 위해서 노력했다. 물론 축구를 좋아하는 사람들이었기에 축구 발전을 기대하고 있는 것도 있었다.

"대의원분들의 기대에 어긋나지 않게 잘해 보겠습니다."

차준후는 실업축구협회 관계자들과 협의하면서 많은 걸 준비하였다.

곧바로 기자회견이 열렸다.

"이번에 처음으로 공식적인 자리를 맡는 것으로 알고 있습니다. 맡은 이유를 말씀해 주세요."

호명을 받은 기자의 질문이었다.

"실업축구협회 회장직을 맡았지만, 스카이 포레스트를 운영하는 것과 크게 다르지 않습니다. 성심성의껏 노력하다 보면 무언가 이룰 수 있으리라 생각하여 회장직을 맡았습니다."

차준후가 구상에 대해서 말하기 시작했다.

"대한민국 축구를 발전시키는 지름길은 우선 저변을 늘리는 것이 첫 번째입니다. 그렇기에 국민학교와 중학교, 고등학교, 대학교의 축구단 창단을 적극적으로 지원할 생각입니다."

"그 말씀은 창단에 직접적으로 도움을 주겠다는 말씀이신가요?"

"아직 액수는 확정하지 않았지만 충분한 지원을 해 줘야겠지요. 축구 기금을 스카이 포레스트에서 조성할 겁니다."

차주후는 대한민국에서 훌륭한 축구 인재들이 나올 수 있도록 학교들을 지원할 생각이었다. 많은 유소년이 축구를 하겠다고 나서야 대한민국 축구가 발전하게 된다.

"전국의 많은 학교들을 지원하려면 엄청난 돈이 필요할 겁니다. 그 비용을 스카이 포레스트에서 감당하겠다는 말씀인가요?"

"정확한 액수는 차후에 밝히겠습니다. 그렇지만 사업이 잘되고 있는 덕분에 스카이 포레스트는 그 액수가 부담되지는 않습니다."

차준후는 이어서 생각하고 있던 대한민국 축구 부흥을 위한 아이디어들을 내놓았다.

그의 생각들이 하나둘씩 밝혀질 때마다 기자회견장이 후끈 달아올랐다.

* * *

전국실업축구연맹전은 전국적으로 큰 화제를 모았다.

대한민국에 이렇게 대규모로, 심지어 몇 달에 걸쳐 진행되었던 스포츠 대회는 없었다.

그동안 없던 축제에 경기장을 찾는 이들이 점차 늘어났고, 언제부터인가 관중석에서 빈자리를 찾아보기 힘들게 되었다.

그 인기에는 각 팀의 라이벌 구도가 크게 기여하고 있었다.

실업팀을 보유한 은행들은 저마다 치열하게 경쟁을 벌였고 치안국 축구단, 해병대 축구단, 교통부 축구단 등 정부 실업팀들 또한 패배하면 죽는다는 심정으로 맞부딪쳤다.

"잘한다!"

"네가 최고다!"

"평한은행에는 지면 안 돼. 무조건 이겨. 패배하면 평한은행으로 주거래 은행을 바꿔 버릴 거다."

경기장에는 모여든 관객들은 팀과 선수들을 연호했으며, 선수들은 관객들의 환호 아래 자신의 기량을 마음껏 펼쳤다.

일부 유명해진 선수에게는 팬클럽이 생겨나기도 했다.

"SF 축구단 경기 티켓 구했어?"

"아니. 여기저기 알아보고 있는데 매진됐다고 하더라."

전국실업축구연맹전은 모든 경기가 만석을 이루고 있었지만, 그중에서도 SF 축구단의 경기가 가장 인기를 끌며 표를 구하기가 어려웠다.

전 국민에게 사랑받는 스카이 포레스트의 축구단이라는 이유도 있었지만, SF 축구단은 공격적인 전술을 주로 써서 매 경기가 화끈하기 때문이었다.

"후후후! 그럴 줄 알고 내가 네 것까지 구매해 놨다. 함께 가자."

"구하기 힘든 건데 어떻게 구했어?"

"웃돈을 주고서 암표로 구했지."

다만 그 폭발적인 인기만큼 부작용도 뒤따랐는데, 너무 인기가 많은 탓에 암표까지 횡횡하기 시작했다는 점이었다.

전국실업축구연맹전이 열리는 날이면 경기장 앞에 암표상들이 돌아다녔다.

* * *

서울운동장.

대한민국에서 가장 오래된 경기장인 이곳에서 빅경기가 열린다는 소식에 관중들이 구름처럼 밀려들기 시작했다.

"번데기 있어요. 번데기가 아주 맛있어요."

"둘이 먹다가 한 명이 죽어도 모르는 사탕! 사탕 사세요."

"아이스크림~! 아이스크림~!"

"찹쌀떡! 메밀묵!"

경기장 앞에는 잡상인들이 먹을거리를 팔고 있었다. 요즘 경기가 열리는 날마다 수많은 상인이 장사진을 치고 있었다.

"우와! 서울 시민들이 다 축구 경기를 구경하러 왔나 봐."

"정말 사람 많다."

"이게 차준후 대표가 말했던 스포츠 문화라는 건가 보다."

차준후의 스포츠 문화에 대한 인터뷰가 천하일보와 월간천하 등을 통해 대대적으로 보도됐다.

"그런데 표는 구했어?"

"아니. 여기 오면 다 구하는 방법이 있어. 저기로 가자."

"암표 있어요."

"얼마예요?"

"두 배만 주세요."

"여기요."

"재미있게 경기 관람하세요. 다음에도 표 구하기 힘들면 번개인 저를 찾아 주세요."

삐이익!

호루라기 울리는 소리가 울렸다.

"거기 암표상! 잠깐 이리 와 봐!"

"에이. 먹고살기 위해 하는 일이잖소. 봐주쇼!"

경찰에게 발각된 암표상이 부리나케 달아났다. 암표를 구매한 젊은 청년들도 반대쪽으로 도망쳤다.

많은 사람이 몰려들었기에 경찰들이 질서를 유지하기 위해 동원되어야만 했다.

「전국에 계신 축구팬 여러분 안녕하십니까. 지금부터

「SF 축구단과 성삼 축구단의 경기를 중계해 드리겠습니다. 저는 아나운서를 맡은 박동원입니다. 해설에는 전직 축구 국가대표였던 장우석 씨가 나와 주셨습니다.」
「안녕하십니까. 해설을 맡은 장우석입니다.」
「오늘 축구 경기에 대해 어떻게 생각하고 계십니까?」
「삼강을 이루고 있는 팀들의 대결입니다. 치열하고 재미있는 대결이 될 것이라고 예상합니다.」

전국실업축구연맹전이 엄청난 인기를 끌자, 이것이 수요가 있겠다고 판단을 내린 라디오 방송국에서는 얼마 전 아예 정규 방송을 만들어 버렸다.
이후 경기장에는 중계를 할 수 있는 부스가 설치되며 아나운서와 해설가가 자리하게 되었다.
그동안 직접 경기를 보러 올 수 없었던 사람들은 크게 아쉬움을 토로했었는데, 이제는 지방에 있는 사람들도 라디오로나마 축구 경기를 즐길 수 있었다.
삐익!
주심의 호루라기 소리가 울렸다.

「주심의 휘슬과 함께 드디어 경기 시작되었습니다. SF 축구단 이상은 선수의 선축입니다. 전아산 선수와 2:1 패스를 주고받으면서 빠르게 질주하고 있습니다. 두 선수

모두 달리기가 아주 빠른 선수입니다.」

「패스가 아주 유연합니다. 2:1 패스는 상대 수비를 뚫고 전진하는 데 아주 효과적이죠.」

아나운서와 해설가는 경기의 흐름이 어떻게 흘러가고 있는지 축구에 대해 잘 모르는 사람도 쉽게 이해할 수 있도록 자세한 설명을 덧붙여 중계했다.

직접 경기장에 오지 못해 라디오로 축구 중계를 듣고 있는 이들을 위해, 중계만으로도 즐거움을 느낄 수 있도록 사소한 정보까지 전달해 주는 것이었다.

아나운서와 해설가는 최대한 생생하게 경기 내용을 전달하기 위해 최선을 다해 열심히 입을 놀렸다.

생생한 라디오 축구 중계는 스카이 포레스트 대표실에서도 울리고 있었다.

"음! 라디오로 듣는 것도 나쁘진 않네."

생각했던 것보다 라디오 중계만으로도 머릿속에 전반적인 경기 흐름이 그려졌다.

다만 아무리 그래도 눈으로 경기를 보는 것만큼 명확하게 경기 내용을 이해하기는 어려울 수밖에 없었다.

아무래도 빠르게 진행되는 경기를 말로 다 설명하기란 어렵다 보니, 중요한 상황들만 짚게 되는 경우가 많이 나오는 탓이었다.

이런 부분에서는 역시 답답함이 느껴졌다.

텔레비전을 통해 두 눈으로 경기를 보면서 추가로 중계를 듣는 것과는 차이가 너무 컸다.

"방송 중계를 알아봐야 하나."

21세기에도 대한민국의 대표적인 방송국으로 자리 잡는 한국방송공사, KBC와 대한민국 최초 상업방송국인 문화방송, MBS는 1961년에도 존재했다.

하지만 이 당시에는 라디오 중계만 하고 있었고, 텔레비전 중계는 하지 않았다.

두 방송국이 TV 송출을 시작하는 것으로 지금으로부터 조금 뒤에 일이었다.

"조금 앞당기는 건데 한번 해 보자."

텔레비전은 문화와 지식을 전파할 수 있는 중요한 대중매체이기도 했다.

텔레비전 중계를 앞당기는 것은 세계의 흐름에 발맞춰 따라가지 못한 채 여전히 지나치게 보수적인 대한민국을 변화시키는 데도 큰 도움을 줄 수 있을 터였다.

"기왕이면 컬러 방송으로 볼 수 있으면 더 좋겠는데…… 그건 당장은 어려우려나?"

이미 미국에서는 컬러 방송 시대가 펼쳤지만, 대한민국은 아직 컬러텔레비전이 가정에 보급될 만큼 국민들의 지갑 사정이 여유롭지 못했다.

원 역사에서 대한민국이 컬러 방송을 중계하기 시작하는 건 무려 1980년도에 이르러서였다. 까마득하게 먼 미래라고 할 수 있었다.

그리고 문제는 이뿐만이 아니었다.

"박정하 의장에게 말이 통할지 모르겠네."

차준후가 박정하를 떠올렸다.

대한민국은 1970년대 중반에는 이미 컬러텔레비전 생산에도 성공했지만, 박정하가 컬러 방송을 금지한 탓에 컬러텔레비전은 국내에 보급되지 못한 채 해외로만 수출되었었다.

이유는 크게 두 가지였다.

대형 신문사들이 컬러텔레비전 시대가 신문 시장을 크게 위축시킬 수 있다고 여겨 극렬히 반대했는데, 여론을 주도할 정도로 큰 영향력이 있는 신문사들의 반대를 무작정 무시할 수 없었던 것이 첫 번째였다.

그리고 두 번째로는 컬러텔레비전이라는 사치품이 국내에 보급된다면, 부자들과 서민들 사이에 계층 불화를 조성할 수 있다는 우려 때문이었다.

실제로 이 당시엔 흑백텔레비전만 하더라도 상당한 고가였기에, 가난한 사람들은 꿈도 꿀 수 없는 물건이었다.

그러니 컬러텔레비전이 지나친 사치품이라고 말해도 틀린 말은 아니겠지만, 차준후로서는 이 이유들만으로는 컬러 방송을 금지한다는 게 쉬이 납득이 가지 않았다.

어차피 서민들에게는 흑백텔레비전이나 컬러텔레비전이 모두 비싼 물건이었다.

그런데 흑백 방송은 되고, 컬러 방송은 안 된다니?

납득할 수 없었다.

"일단 밀어붙여 보자."

고민 끝에 차준후는 대한민국의 컬러텔레비전 시대를 앞당기기로 결정했다.

컬러텔레비전이라는 존재를 몰랐으면 모를까, 21세기를 살아왔던 차준후에겐 흑백텔레비전을 보는 것도 고욕이었다.

"컬러 방송을 하면 광고를 하기에도 좋고, 광고가 잘나가면 방송국도 더욱 커질 수 있겠지. 컬러텔레비전이 가져올 경제적 이익을 잘 설명하면 먹힐지도 몰라."

차준후는 어떻게든 박정하를 설득할 방법을 고민하기 시작했다.

이미 일본은 아시아 최초로 작년부터 컬러 방송을 중계하고 있었다. 그리고 컬러텔레비전을 생산해 해외에 수출 중이었다.

컬러텔레비전의 시대는 거스를 수 없는 세계적인 흐름이었고, 늦춰질수록 그저 뒤처질 뿐이었다. 이는 국가적인 손해라고 볼 수 있었다.

어차피 피할 수 없는 흐름이라면 오히려 최대한 빠르게 받아들이는 편이 이득이었다.

 게다가 먼 미래에는 한류를 불러일으키며 K-콘텐츠가 세계적인 인기를 끌게 되지 않는가.

 음악, 드라마, 영화, 예능까지 이 모든 게 크게 발전할 수 있었던 건 결국 컬러 방송의 역할이 컸다.

 즉, 컬러텔레비전은 대한민국의 문화 발전을 이루어 내는 시작이기도 했다.

 컬러 방송을 앞당기는 것으로, K-콘텐츠를 한층 더 빠르게 성장시킬 수 있다면 그로 인해 천문학적인 이익을 얻을 수 있을 것이었다.

 "그래, 조금만 도와줘도 얻을 수 있는 이득이 이렇게 많은데 안 할 이유가 없네."

 비록 지금은 아니지만, 훗날 텔레비전 하면 대한민국 기업들이 세계 최고로 꼽히게 되지 않던가.

 옆에서 잘 도와주면 1966년에 대한민국 최초로 흑백텔레비전을 개발하는 지엘사가 조금 더 빠르게 흑백텔레비전을 만들어 내는 것도 충분히 가능할 것이었다.

 그리고 컬러텔레비전과 컬러 방송 송출도 마찬가지였다.

 컬러텔레비전을 개발하고, 컬러 방송을 송출하기 위해서는 많은 자금과 기술력이 필요하지만, 그건 차준후가 전부 해결할 수 있는 문제들이었다.

"텔레비전은 텔레비전이고, 신문사는 신문사지. 컬러 방송을 한다고 해도 신문은 앞으로도 많이 팔릴 거라는 걸 잘 납득시키면 신문사들도 반대하지 않을 거야."

신문의 판매 부수가 줄어드는 건 컬러 방송 때문도 아니고, 한참이나 먼 미래의 이야기였다.

신문사들이 반대할 이유는 결코 없었다.

이후로도 차준후는 한참을 머리를 굴리며 고민에 빠졌다. 텔레비전 방송은 다방면으로 미치는 영향이 크기에 혹시라도 생각지 못한 문제가 발생할 부분은 없는지 꼼꼼하게 검토할 필요가 있었기 때문이다.

"후후후!"

차준후가 문득 웃음을 흘렸다.

대한민국 기업이 빠르게 텔레비전을 개발해 낸다면, 원래 일본 기업에서 꽉 잡게 될 텔레비전 시장을 빠르게 빼앗아 오는 게 가능할 수도 있었다.

일본 기업들에게 한 방 먹일 수 있다고 생각하니 절로 신바람이 났다.

차준후는 국내 기업들이 일본 기업을 뛰어넘을 수 있도록 돕는 일에 노력을 아끼지 않았다.

일본과 부딪치는 일이 있을 때마다 힘을 내는 차준후였다.

제2장.
컬러텔레비전

컬러텔레비전

 텔레비전 방송을 앞당김으로써 발생할 수 있는 문제가 없는지 꼼꼼하게 검토를 모두 끝마친 차준후는 곧바로 움직였다.
 컬러텔레비전 시대를 앞당기기 위해 준비해야 할 것이 많았다.
 당장 대한민국에는 컬러 방송을 송출할 여건은커녕 컬러텔레비전을 생산할 기술도 없었다. 우선 외국에서 컬러텔레비전 생산 기술과 컬러 방송을 송출할 수 있는 장비 등을 가져와야만 했다.
 차준후는 이번에도 미국에도 도움을 청하려고 했다.
 미국은 1950년 4월, 차준후와 관계가 깊은 CBC 방송국에서 최초로 컬러 방송을 선보였다.

하지만 이 당시 기술력으로는 컬러 방송을 진행하기에 실용성이 떨어진 탓에 상업적 이용은 불가능했다.

이후 1954년에 이르러 방송 송수신 기술이 크게 발전하며 본격적으로 컬러 방송을 시작할 수 있게 되었다.

물론 아직 컬러 프로그램의 수도 적고, 컬러텔레비전의 보급률도 낮은 상황이었지만 그래도 전 세계에서 가장 빠르게 컬러 방송을 개척해 나가고 있는 건 미국이었다.

아니, 애당초 1961년에 컬러 방송을 하고 있는 나라는 미국과 일본뿐이었기에 다른 선택지가 없었다.

"컬러텔레비전 방송을 하기 위해서 주한 미군의 도움을 받았으면 합니다."

차준후가 실비아 디온에게 도움을 요청했다.

대한민국에서 컬러 방송을 볼 수 있기를 가장 바라는 사람은 차준후를 제외하면 주한 미군이라 할 수 있었다.

아예 컬러 방송을 본 적도 없는 사람과 컬러 방송을 보다가 흑백 방송만 강제로 보게 된 사람에겐 차이가 있을 수밖에 없다.

본국으로 돌아가면 컬러 방송을 볼 수 있는데, 이곳 대한민국에서는 흑백 방송밖에 볼 수 없으니 주한 미군은 다소 갑갑한 심정일 터였다.

"제가 아빠를 만나서 이야기를 해 볼게요."

실비아 디온은 발 벗고 나섰다.

이야기를 꺼내고 난 바로 다음 날, 용산 주한 미군 부대에서 실비아 디온의 아빠인 폴 디온과 차준후와의 약속이 빠르게 이뤄졌다.

사업 이야기를 듣자마자 폴 디온이 적극적으로 나섰다. 예상보다 일이 쉽게 풀릴 조짐이었다.

"정지! 잠시 검문이 있겠습니다."

주한 미군 부대 앞에서 헌병들이 검은색 포드 차량을 검문했다.

최근 헌병들은 경계를 강화하고 있었다.

미군기지 출입자에 대한 철저한 신분 확인과 함께 폭발물과 총기 등의 반입, 기타 군내 물품들의 유출 등에 대해서 정밀 검색을 실시하고 있었다.

얼마 전에 터진 간첩 사건 때문이었다.

북에서 지령을 받고 내려온 간첩이 박정하에 접근하려다가 중앙정보부에 체포된 사건이 벌어졌다. 이 때문에 대한민국이 발칵 뒤집혔다.

이 간첩 사건은 미국 CIA와 주한 미군에도 정보가 전해졌다. 미국 중앙정보국 서울 지부장이 간첩 신병을 넘겨받아서 조사를 하기도 했다.

대한민국 내부에 잠입한 간첩들이 적지 않다는 소문이 떠돌았다. 5·16 직후에 거액의 공작금을 가지고 잠입한 간첩들이 대한민국에서 간첩 활동을 활발히 벌이고 있었다.

이로 인해 주한 미군은 삼엄한 경비를 펼치고 있었고, 유사시 곧바로 출동할 수 있는 만반의 경계 태세를 유지했다.

그리고 차준후의 주변에도 경호원이 상당히 늘어났다.

정부와 주한 미군에서는 차준후의 신변에 각별한 신경을 기울였다. 간첩들의 주요 목표 중 한 명이 바로 차준후라는 정보가 있었기 때문이다.

대한민국의 발전에 앞장서는 차준후는 북에게 있어 매우 눈엣가시였다. 심지어 미국과 친밀한 관계를 이어 나가고 있기에 더더욱 그러했다.

차준후라는 존재가 미국과 대한민국을 더욱 돈독하게 만들고 있다고 여겼다.

"폴 디온 준장과의 약속을 잡고 왔어요. 여기 출입 관련 서류들이요."

창문을 연 실비아 디온이 서류를 제출했다.

헌병이 실비아 디온과 뒷좌석에 몸을 기대고 있는 차준후를 살폈다.

미군에서 디온 가문의 이름을 모르는 이는 찾기 힘들 정도였다. 또한 세계적인 명성을 떨치는 차준후도 마찬가지였다.

이들의 신분은 딱히 조사하고 말 것도 없었다.

"통과하십시오."

"고마워요."

차준후가 탑승하고 있는 차량에는 용산 미군기지 출입 권한이 있는 비표가 앞 창문에 붙어 있었다. 오늘 타고 온 차는 실비아 디온이 타고 다니던 것이었다.

퇴근 후에 종종 아빠를 만나러 주한 미군 부대로 오는 딸을 위해 폴 디온이 출입 권한을 차량에 부여해 줬었다. 그렇기에 이번에 간단한 검문 절차를 진행하고서 주한 미군 부대 내부로 들어서는 것이 가능했다.

차량이 주한 미군의 심처로 이동했다.

'여기가 용산 주한 미군 기지구나.'

차준후가 창문 밖으로 보이는 기지 내부 풍경을 바라보았다. 전차를 비롯한 중장비와 장갑차 등이 보였다.

주한 미군 부대를 들어와서 구경하는 건 색다른 경험이었다.

색다른 구경을 하던 차준후가 한 관사 앞에서 실비아 디온과 함께 차량에서 내렸다.

"장군님께 안내해 드리겠습니다."

나와 있던 보좌관이 차준후를 안내했다.

차준후와 실비아 디온이 보좌관을 따라서 건물로 들어섰다.

"장군님, 차준후 대표와 실비아 영애를 모시고 왔습니다."

가볍게 노크를 한 보좌관이 보고했다.

"안으로 모시게."

묵직한 목소리가 들려왔다.

허락이 떨어지자 차준후는 실비아 디온과 함께 안으로 들어섰다.

"자네는 이만 가 보게나."

"알겠습니다."

보좌관이 실비아 디온의 아버지인 폴 디온이 문 앞까지 다가와 차준후와 실비아를 반갑게 맞이했다.

"이렇게 처음으로 얼굴을 보게 되는군요. 폴 디온 준장입니다. 아시다시피 여기 있는 사랑스러운 실비아의 아빠이기도 하지요."

"실비아 비서실장의 많은 도움을 받고 있는 차준후입니다."

차준후가 폴 디온 준장처럼 실비아를 곁들여서 자기소개를 하였다.

그 센스가 먹힌 것일까. 폴 디온이 차준후와 기분 좋게 악수를 나눴다.

"컬러 방송을 원한다고 들었습니다."

단도직입적으로 만남의 이유를 꺼내 드는 폴 디온이었다.

"그렇습니다. 최대한 빨리 대한민국에 컬러텔레비전

방송이 가능해지기를 원합니다. 주한 미군과 협력을 하면 그 시간을 앞당길 수 있으리라 생각합니다."

"잘 찾아오신 겁니다. 우리 미군은 컬러 방송을 진행할 수 있는 기반을 이미 갖추고 있으니까요."

AFKN은 이미 방송국을 세워 자체적으로 TV 방송을 진행하고 있었고, 전국 각지에 있는 미군기지에 송출하기 위해 중계소도 세워 놓은 상황이었다.

멀리 갈 거 없이 AKFN의 도움을 받는다면 다양한 문제를 빠르게 해결할 수 있었다.

"하지만 우리가 도왔을 때 얻을 수 있는 이득은 뭐죠?"

어느새 표정이 진지하게 바뀐 폴 디온이 물었다.

아무리 미 정부에서 특별 대우를 하고, 딸과 친밀한 차준후라 할지라도 아무런 이득도 없이 베풀기만 할 수는 없는 일이었다.

"스카이 포레스트는 현재 미국의 듀퐁사와 함께 케불라라는 합성섬유를 개발하고 있습니다."

"케불라요?"

"플라스틱 수준의 무게로 강철의 다섯 배나 되는 강도를 자랑하는 섬유입니다. 이걸로 방탄복을 만든다면 어떨 것 같으십니까?"

"그, 그게 정말입니까?"

폴 디온은 깜짝 놀랐다.

컬러텔레비전 〈39〉

이 당시 방탄복은 철판을 덧대고 있는 탓에 무척이나 무거워서 기동력을 떨어뜨렸다. 군인들에게 있어 기동력이 떨어진다는 건 무척이나 심각한 문제였다.

그런데 만약 차준후의 말대로라면?

이는 곧 미군의 전투력 향상을 뜻했다.

차준후가 이야기한 방탄복은 미군에게 있어 돈으로 환산할 수 없는 가치를 지니고 있었다.

"만약 대한민국에서 컬러 방송이 중계될 수 있도록 협력해 주신다면, 케블라 섬유가 개발되었을 때 방탄복을 만들어 미군과 거래하도록 하겠습니다."

"그런 조건이라면 당연히 환영이지요!"

폴 디온은 이번 컬러텔레비전 방송 협력 건에 있어서 전권을 쥐고 있었다. 이미 주한 미군 수뇌부와 이야기를 해 놓은 상태였다.

아니, 설령 전권을 받지 못한 상황이었다고 해도 수뇌부에서도 케블라 방탄복에 대한 이야기를 전해 듣는다면 당연히 승인할 것이 뻔했다.

오히려 케블라 방탄복의 가치를 알아보지 못하고 이 제안을 받지 않는다면 크나큰 질책을 받을 터였다.

매년 군사력 증진을 위해 엄청난 예산을 쏟아붓고 있는 미 국방부였다.

AFKN이 가지고 있는 기술과 장비를 지원해 주는 것만으로 획기적인 군사력 증진을 이루어 낼 수 있다면 미군에겐 엄청난 이득인 거래라 할 수 있었다.

'이게 이렇게 쓰일 줄은 몰랐네. 뭐, 어차피 만들어서 팔려고 했던 거였으니까.'

한편 차준후도 내심 미소 짓고 있었다.

케블라 방탄복은 원래도 만들어서 수출하려고 계획 중이었던 것이었다. 그런데 차준후는 마치 미군을 위해 만들어 주는 척 생색까지 내며 사전에 케블라 방탄복 공급 계약까지 체결해 냈다.

* * *

마케팅과 협상의 귀재인 차준후는 미국의 전폭적인 협조를 이끌어 냈고, 박정하를 만나서 컬러텔레비전 방송에 대한 승낙을 어렵지 않게 받아 냈다.

"신문사들이 격렬히 반대할 텐데 괜찮을지 모르겠군요."

"신문사가 반대한다고 해도 해야 할 일은 해야 합니다."

차준후는 하고자 하는 사업에서 남의 눈치를 보지 않았다. 이것저것 따져 가면서 새로운 사업을 하려면 골치가 아팠다.

그에겐 돈을 버는 것보다도 자유롭게 하고 싶은 일을 하는 게 중요했다. 그래서 스카이 포레스트가 상장을 하지 않는 것이기도 했다.

 구더기 무서워서 장 못 담그는 건 어리석은 일이었다.

 "그리고 컬러텔레비전 때문에 이제 와서 부자들과 서민들 간의 불화가 갑자기 생길 일도 없을 겁니다."

 이 당시에도 외국에서 수입된 흑백텔레비전을 보유한 가정은 있었는데, 그 가격이 무려 쌀 스무 가마니에 달했다.

 흑백텔레비전도 충분히 사치품이었고, 이제 와서 컬러텔레비전 때문에 부자와 서민들 간에 갈등이 생긴다는 건 말이 되지 않았다.

 "그리고 컬러텔레비전 개발에 성공하게 되었을 때, 스카이 포레스트에서 정부기관에 컬러텔레비전을 무상으로 공급해 드리도록 하겠습니다. 단, 공공기관에서 국민들이 자유롭게 텔레비전을 볼 수 있도록 조치해 주십시오."

 "그렇게까지 해 주신다면야…… 좋습니다. 그러면 텔레비전 개발 쪽은 차준후 대표에게 맡기겠습니다."

 박정하가 컬러텔레비전 방송의 시대를 기정사실화했다.

 먼저 이렇게까지 나서서 대한민국 발전에 도움을 주겠다는데 만류한다는 건 어리석은 일이기도 했고, 무엇보다 이미 하겠다고 마음먹은 차준후를 누가 막아설 수 있겠는가.

눈에 불을 켠 차준후는 박정하도 제지할 수 없었다.

이 사실이 알려지면 신문사들이 들고 일어서겠지만, 그들의 펜대로도 차준후를 어찌하긴 어려울 것이었다.

스카이 포레스트는 해외에서 벌어들인 막대한 외화로 나라에 여러 복지 사업까지 벌이며 전 국민의 사랑을 받고 있는 기업이었다.

그런 스카이 포레스트를 저격하는 기사를 내보냈다가는 오히려 역풍이 불어닥칠 가능성이 높았다.

"안 그래도 한국방송공사에서 올해 말 TV 방송국을 개국할 예정이었는데, 컬러 방송을 준비하라고 이야기해야겠군요."

한국방송공사, KBC에서는 12월 24일에 시험 방송을 진행한 뒤에 12월 31일 말일에 TV 방송국 개국을 예정하고 있었다.

박정하가 주도하고 있는 사업들 가운데 하나였다.

방송국을 국가가 움켜잡고 있으면 정부 시책이나 치적 등을 알리기에 좋기 때문이었다.

그런데 이런 계획이 차준후의 개입으로 송두리째 바뀌어 버렸다.

물론 대한민국에 더할 나위 없이 긍정적인 변화였다.

* * *

 박정하의 승인까지 떨어지자 더 이상 차준후의 계획에 걸림돌이 될 만한 것들은 모두 사라졌다.

 차준후는 거침없이 자신의 계획을 밀어붙이기 위해 발빠르게 부산으로 향했다.

 부산에는 1959년에 대한민국 최초로 라디오를 생산한 지엘사의 공장이 위치해 있었다.

 지엘사는 지엘전자의 전신인 기업으로, 최초의 국산 라디오인 A-501뿐만 아니라 전화기, 냉장고, 흑백텔레비전까지 국내 최초로 생산해 내는 기업이었다.

 다만 이 당시 A-501 라디오는 제법 고가로, 쌀 한 가마니값이었다. 아직 대부분의 국민들의 소득 수준이 좋지 않은 이 시대에서 라디오는 사치품이라 할 수 있었다.

 그에 지엘사의 라디오는 재고만 쌓이게 되며 경영 위기를 겪게 되었다.

 그러나 1961년, 올해 군사정부에서 경제개발 5개년 계획을 홍보하기 위한 목적으로 농어촌 라디오 보내기 운동을 추진하며 지엘사의 라디오는 급격하게 팔려 나가기 시작했다.

 덕분에 지엘사는 경영 위기에서 벗어나며 한숨 돌릴 수 있게 되었다.

"어서 오십시오. 차준후 대표가 우리 공장을 방문해 줘서 영광입니다."

양복을 말끔하게 빼입은 중년의 신사가 차준후를 반겼다.

지엘사의 대표인 구준영이었다.

"이렇게 반겨 주시다니 고맙습니다."

차준후가 구준영과 악수를 나눴다.

대한민국에서 거대한 대기업을 일궈 내는 구준영을 직접 만나는 순간이었다. 다른 기업들에 비해 별다른 구설수가 없는 구준영이었고, 또 근로자들을 위해 주는 마음가짐도 높이 평가할 수 있었다.

그러나 그것은 미래의 이야기일 뿐, 지금의 지엘사는 중소기업에 불과했다. 구준영은 굉장히 조심스러운 태도로 차준후를 대했다.

"만나기도 어려운 대한민국에서 가장 잘나가는 사업가가 공장을 찾아와 주니 당연히 반겨야지요."

"최초의 국산 라디오 생산 공장을 견학하러 왔습니다."

"부족한 점이 많은 공장이지만 잘 오셨습니다."

구준영이 차준후를 공장으로 안내했다.

깔끔하고 깨끗한 공장 건물 내부에서 작업자들이 라디오를 조립하고 있었다. 그들은 구준영 사장과 함께 공장을 견학하고 있는 차준후를 힐끔힐끔 바라보았다.

"공장이 아주 쾌적하네요."

차준후가 공장의 환경을 둘러보면서 감탄했다.

작업자들의 작업 공간을 신경 쓴 티가 역력했다. 커다란 창문을 통해 햇볕이 잘 들어왔고, 라디오 조립 공간도 넓고 좋았다.

"신경을 써서 만들었지요. 스카이 포레스트의 작업 환경을 벤치마킹하기도 했고요."

구준영이 웃으며 이야기했다.

이른바 차준후가 뿌린 씨앗들이 효과를 발휘하고 있는 것이었다.

"라디오 판매는 좀 어떻습니까?"

"꾸준하게 판매되고는 있지만 시장 반응이 폭발적이진 않네요. 심지어 불량률이 높은 탓에 구매자들의 불만이 조금 많습니다."

구준영이 안타까워했다.

A-501 라디오는 가격은 비싼데, 또 그렇다고 품질이 뛰어나서 부유한 이들이 구매할 만큼 매력적이지도 못했다.

만약 군사정부의 농어촌 라디오 보내기 운동이 없었더라면, 지금쯤 사업을 정리하게 됐을지도 몰랐다.

심지어 겨우겨우 몇 개를 팔아도, 부족한 기술로 생산을 하다 보니 불량률이 높았다.

소비자들 입장에선 비싼 가격을 주고 샀는데 며칠 쓰지도 못하고 고장이 나는 경우가 발생하니 화가 치밀 수밖에 없었다.

"그 부분은 제가 도움을 드릴 수 있을 것 같습니다."

차준후는 국내 기업들과 협업하는 걸 선호했다.

특히 지엘사는 훗날 대한민국의 명성을 세계에 떨치는 기업 중 하나였다. 지엘사를 돕는 것이 곧 대한민국의 경제 발전을 돕는 것이나 마찬가지였다.

"헉! 정말이십니까?"

"미국에서 생산 설비를 들여오고, 부품 생산 기술도 협력을 받을 수 없는지 알아보겠습니다."

차준후는 이번에도 일본이 아닌 미국을 선택했다.

일본 라디오도 해외에 수출되며 꽤나 괜찮은 품질을 자랑했지만, 아무래도 미국 라디오의 품질은 따라오지 못했다.

"이렇게 신경을 써 주니 감사할 따름입니다."

구준영은 너무나도 고마웠다.

많은 투자를 해서 A-501 라디오를 만들었지만 판매가 신통치 않았다. 그로 인해 회사가 흔들리고 있었다.

A-501 라디오는 지엘사가 대단히 신경을 많이 쓴 작품이었다.

진공관, 스피커 등은 수입 부품을 사용하고 있었지만,

전원 스위치, 트랜스 등은 국산 부품으로 채워 넣었다.

공을 들여 만든 A-501 라디오가 제대로 팔리고 있지 않으니 지엘사에는 어려움이 산적해 있었다. 백화점에 납품한 국산 A-501 라디오들이 반품되기도 했다.

그런데 한 줄기 서광이 비치고 있었다.

사실 차준후가 찾아온다고 했을 때 혹시나 하기는 했었다. 차준후와 만난 국내 기업들이 엄청난 도움을 받아서 하나같이 대단한 발전을 거듭했으니까.

이번에는 지엘사가 차준후의 도움을 받게 됐다.

"품질을 지속적으로 개선해 나가면 A-501 라디오는 잘 팔릴 겁니다."

당연한 이야기지만, 전자제품은 생산 설비와 기술력이 품질을 크게 좌우한다.

세계 최고 수준의 미국 기업에게 기술 협력을 받는다면 지엘사에서 생산하는 라디오의 불량률은 급격하게 줄어들 뿐만 아니라 품질도 크게 향상될 수 있을 것이었다.

이것을 구준영도 모르던 건 아니었다. 그러나 그저 그럴 만큼 돈이 없어서 못한 것뿐이었다.

또한 설령 돈이 있어도 해외에서 기술과 장비를 들여오려면 달러를 사용해야만 했는데, 이를 위해서는 정부의 허가를 받아야 했다.

국내에서 달러를 마음껏 사용할 수 있는 기업은 애당초

스카이 포레스트뿐이었다.

'도움을 주기 위해 나를 찾아온 건가? 기업인들이 차준후 대표를 만나고 싶어서 난리인 이유가 있구나.'

엄청난 선물 보따리를 받은 구준영이었다.

기업인들 가운데에는 차준후를 만나고 싶어하는 사람들이 많았다. 사소한 도움만 받아도 커다란 이득을 받을 수 있기 때문이었다.

이와 관련된 소문들이 재계에 파다하게 퍼지고 있었다.

"좋은 덕담 감사합니다."

"잘 만들어서 수출까지 해야지요."

"그렇게 되면 소원이 없겠습니다."

"낮은 전압에서도 작동하도록 설계한 A-501 라디오이라면 충분히 수출이 가능합니다. 불량만 잡으세요. 그러면 제가 수출이 될 수 있도록 힘을 써 보겠습니다."

"우리 A-501 라디오의 특성에 대해서 제대로 알고 계시는군요."

A-501 라디오는 대한민국의 열악한 전기 상황을 고려한 제품이었다. 50볼트의 낮은 전압에서도 라디오가 작동하도록 설계됐다.

해외에서 들여오는 라디오들은 대한민국의 열악한 전기 상황을 버티지 못하고 고장이 나기 일쑤였다. 진공관이 터지는 등의 고장이 자주 일어났다.

그에 반해 A-501 라디오는 들쭉날쭉한 전기 상황에 최적화된 제품이었다.

"전력이 불안한 동남아나 아프리카 등 수출할 국가들이 많습니다. 그리고 품질이 좋아지면 미국을 비롯한 선진국에도 수출이 가능할 테고요."

전자제품의 해외 수출을 일찌감치 만들려고 하는 차준후였다.

A-501 라디오는 매력적인 물건이고, 제대로 마케팅을 하면 무난히 수출을 할 수 있다. 마케팅의 귀재인 차준후가 힘을 쓴다면 충분히 가능했다.

아니, 차준후의 도움이 없더라도 원 역사에서 수년 뒤엔 라디오 해외 수출에 성공하는 지엘사였다.

하지만 차준후의 도움이 더해진다면 훨씬 더 빠르고 성공적으로 해낼 수 있을 것이었다.

"상상만 해도 심장이 두근거리네요."

지엘사는 앞으로 쭉쭉 성장을 할 회사였다.

그리고 조금 더 세월이 흐르면 수출 100만 불 수출탑도 무난히 달성할 수 있었다. 차준후는 앞으로 잘나갈 지엘사가 더 잘나갈 수 있도록 탄탄대로를 깔아 주는 것이었다.

"앞으로 품질 좋은 전자제품을 만들면 빛을 보는 시대가 올 겁니다."

차준후는 이미 미래를 보고 왔다.

그렇기에 전자제품을 제조하는 기업들이 얼마나 대한민국 경제의 든든한 기둥이 되어 주는지 잘 알고 있었다.

"그런 날이 빨리 왔으면 좋겠네요."

이야기가 원만하게 진행되는 듯하자 흐뭇하게 미소를 지은 차준후가 드디어 본론을 꺼내 들었다.

"정부에서 조만간 컬러텔레비전 방송을 시작하려고 합니다."

"이제 우리나라도 컬러텔레비전으로 시청하는 시대가 오는군요. 환영할 만한 일입니다."

"사장님도 아시다시피 텔레비전은 모두 해외에서 수입해 오고 있는 실정입니다."

"그렇지요."

"텔레비전을 만드는 건 어떻겠습니까?"

"네? 텔레비전이요?"

"앞으로 텔레비전이 많이 필요한 시대가 올 겁니다. 일찌감치 선점하는 기업이 많은 걸 얻어 갈 수 있겠지요."

차준후가 찾아온 용건을 꺼냈다.

'아, 이것이었구나! 라디오에 대한 이야기는 그저 곁가지에 불과했어!'

이것이 공장을 견학하러 온 진짜 본론임을 구준영이 깨달았다.

'라디오도 팔기 어려운데, 텔레비전이라고?'

구준영이 조금 어이가 없었다. 만약 다른 사람이 이런 제안을 했다면 다음 이야기를 듣지도 않고 쫓아낼지도 몰랐다.

그런데 차준후라면 이야기가 달랐다.

'이건 해 볼 만한 사업이다. 매번 엄청난 성공을 하는 차준후 대표가 어설픈 사업을 제안했을 리가 없으니까.'

꿀꺽!

마른침을 삼킨 구준영의 머릿속이 분주하게 움직였다.

아무리 사업성이 좋다고 해도 그것을 해낼 수 있느냐는 별개의 문제였다.

구준영이 지엘사가 과연 상품성 있는 텔레비전을 생산해 낼 수 있을지 걱정됐다.

"어렵고 힘든 부분은 스카이 포레스트가 돕겠습니다."

차준후가 머릿속이 복잡한 구준영에게 약속했다.

차준후의 약속은 대한민국 기업인들에게 천금보다 가치 있었다.

그도 그럴 것이 스카이 포레스트와 거래를 하거나, 도움을 받은 회사들은 하나같이 아주 잘나가고 있었다. 자금, 기술 등을 스카이 포레스트가 아낌없이 지원해 준 덕분이었다.

지금 차준후는 그것을 지엘사에게도 약속한 것이었다.

하늘에서 황금빛 동아줄이 내려왔다.

이 줄만 꽉 움켜잡고 놓치지 않으면 어렵고 힘든 지엘사가 스카이 포레스트에 기대어서 하늘 높이 날아오를 수 있었다.

"하겠습니다. 여기에서 이러지 말고 자세한 이야기는 사장실에 가서 나누시죠. 제가 너무 놀라운 제안을 들어서 다리가 후들거리네요."

"그러죠."

"아이스 아메리카노를 준비하라고 이야기해 두겠습니다."

차준후의 아이스 아메리카노 사랑은 유명했다.

"하하하! 감사합니다."

"가시죠."

구준영이 차준후와 함께 이동했다.

사장실에 도착한 두 사람은 곧장 텔레비전 생산에 대해서 열띠게 의논을 나누기 시작했다.

제3장.

천명

천명

해가 바뀌어 1962년이 되었다.

원래라면 군사정부의 극단적인 정책들이 대한민국 경제를 뒤흔들며 심각한 불황을 초래할 수도 있었지만, 스카이 포레스트의 개입 덕분에 최악의 상황은 피해 갈 수 있었다.

물론 그렇다고 대한민국의 경제 상황이 갑자기 선진국들만큼 좋아진 것은 아니었지만, 그래도 원 역사보다는 획기적으로 좋아졌다고 평가할 만했다.

스카이 포레스트의 사업이 순항할수록 대한민국의 경제 발전은 가속화되었고, 순조롭게 계속 성장해 나갔다.

호텔 시공사는 백호벽돌로 선정되었고, 경부고속도로 건설 사업을 비롯해 신사옥, 화장품 공장, 방직 공장, 의류 공장 연구소 등 여러 건설을 동시에 진행했다.

그리고 이윽고 신사옥과 일부 공장들이 완공되었다

"이야! 드디어 완공되었구나."

"신축 건물이 좋기는 좋다."

"엘리베이터가 모든 건물에 다 설치되어 있어. 다리 아프게 계단으로 올라갈 일은 이제 없어."

"나는 신기해서 몇 번이나 타 봤다."

새 건물로 공장을 이전하니 직원들의 근무 환경이 좋아졌다. 생산성도 크게 향상되는 효과도 있었다. 최고의 작업 환경이 될 수 있도록 많은 신경을 쓴 덕분이었다.

"쾌적하고 좋네요."

차준후가 완공된 신축 건물들을 살피고 다니며 흐뭇한 미소를 지었다.

"대한민국에서 여기보다 좋은 생산 현장은 없을 거라고 자신합니다."

옆에 있던 문상진이 말했다.

"좋은 환경에서 일해야 생산성도 좋아지는 법입니다."

"맞습니다. 그리고 이번에 공장 규모가 확장되면서 더욱 많은 물량을 생산할 수 있게 되어서, 이제 수출 물량도 더욱 확보할 수 있을 듯합니다."

문상진은 그동안 수출 문제로 많은 고생을 겪어 왔다.

해외의 수많은 바이어들이 스카이 포레스트의 상품을 구매하기 위해 매일같이 찾아오는데, 그때마다 그들을 상대하는 건 문상진이었다. 대표인 차준후가 해당 업무는 문상진에게 일임했기 때문이었다.

그런데 문제는 바이어들이 계속해서 찾아오는데, 그들이 요구하는 물량을 도무지 생산량이 따라잡지 못한다는 것이었다.

달러를 싸 들고 찾아와서 물건을 달라고 바이어들이 매달려도 팔 물건이 없는 탓에 무척이나 곤혹스러웠다.

"대규모 생산 공장이 만들어졌으니 숨통이 트일 겁니다."

"숨통이 트이는 정도인 겁니다. 지금 공장으로는 세계적인 수요를 감당하기는 어렵습니다."

해외에서 스카이 포레스트의 제품들은 인기가 나날이 치솟고 있었다. 생산량이 늘어나도 주문량은 더 늘어나니 도무지 따라잡을 수가 없었다.

이제 겨우 한숨 돌릴 수 있는 수준이 되었을 뿐, 다른 곳에 세우고 있는 공장들이 추가로 완공되기 전까지는 곤혹스러운 바이어들과의 미팅을 계속 이어 나가야만 했다.

"부대표님이 해 줘야 할 일이 많습니다."

차준후는 문상진을 스카이 포레스트 본사의 부대표로 승진시켰다. 막강한 권한을 문상진에게 준 것이었다.

물론 그 이면에는 귀찮고 번거로운 일들을 해결해 달라는 의미도 담겨 있었다.

"저보다는 대표님이 많은 일을 하셔야죠. 제가 감당할 수 없는 일들이 많습니다."

 문상진은 대신해서 업무를 처리할 때마다 고민이 늘어났다. 괜히 잘못해서 스카이 포레스트와 차준후의 명성에 해를 끼치지 않을지 노심초사하고는 했다.

"편하게 하세요."

"그것이 말처럼 쉽지 않습니다."

 회사가 너무나도 커졌다.

 자신이 감당할 수 없는 일을 하고 있는 건 아닌지 어깨가 무거웠다.

"잘하고 계십니다. 그러니까 제가 부대표로 임명한 것이고요."

"이 자리가 많이 무겁습니다."

 문상진이 한숨을 길게 내쉬었다.

'저도 힘든 부분이 많아요.'

 사실 어깨가 무거운 건 차준후도 마찬가지였다. 아니, 문상진보다 무거우면 무거웠지 가볍지 않았다.

 많은 일들을 문상진을 비롯한 임직원들에게 일임했지만, 여전히 차준후가 해야 할 일이 많았다.

 우선 회사의 사업 방향 등 중요한 결정은 결국 차준후

가 직접 내려야만 했다. 이건 다른 이들에게 맡길 수 있는 일이 아니었다.

그리고 역사가 뒤틀리기 시작하며 개입할 생각이 없었던 일까지 깊숙이 개입하게 되며 할 일이 너무 많아진 차준후였다. 이 또한 다른 사람들에게 맡길 수 있는 일이 아니었기에 그가 전부 다 처리해야만 했다.

이러한 문제들로 정신적인 스트레스가 이만저만이 아닌 차준후였다.

'함께 고생 좀 해 줘요.'

물귀신같이 문상진을 끌어들인 부분이 있는 건 사실이었다.

그러나 이 또한 전부 대한민국을 위한 일이었다. 문상진 또한 한 사람의 대한민국 국민으로서 애국을 해야 하지 않겠는가.

"어렵고 힘든 일이 있으면 제가 넘기시면 됩니다. 만약에 문제가 생긴다면 그건 제 책임이니까 걱정하지 마시고요."

차준후가 문상진에게 힘을 실어 줬다.

너무 책임이 막중한 일은 자신이 직접 처리할 생각이었다. 자신이 시작한 일인데 다른 사람에게 전부 떠넘길 생각은 없었다.

"그렇게 말씀해 주시니 조금은 힘이 나기도 하네요. 물론 대표님이 많이 바쁘시다는 건 잘 알지만, 필요한 일이 생기면 도움을 청하도록 하겠습니다."

"벌여 놓은 일들이 많다 보니 시간이 너무 부족하네요."

"대표님을 찾는 곳들이 많으니까요. 그리고 대표님이 아니라면 할 수 없는 일들도 많고요."

최근 차준후는 고속도로, 정유, 제철소 등 덩치가 어마어마한 사업들에 깊숙이 관여한 탓에 찾는 이들이 굉장히 많았다.

그가 없으면 도무지 사업이 진행되지 않아서 어쩔 수가 없었다.

이뿐만이 아니라 대한민국 곳곳에서 차준후의 조언과 지원을 바라는 사람이 너무나도 많았다. 그 탓에 차준후는 대표실에 앉아 있지 못하고 전국을 돌아다니고 있었다.

"어쩌겠습니까. 제가 일을 벌여 놓은 것을요."

차준후는 스스로 자신의 발등을 찍었다는 걸 알았다. 여유롭게 살아가고 싶었는데, 지금은 일에 치여서 살고 있었다.

업무 시간에만 일하고, 최대한 다른 사람들에게 일을 떠넘기고 있는데도 이 정도였다. 만약 일귀신처럼 일한다면 제 명이 살기 힘들 정도의 과도한 업무량이었다.

차준후는 최대한 자신이 잘 알고 있고, 잘 해낼 수 있는 분야에만 조금씩 개입하려고 생각했는데 하면 할수록 일이 커지고 있었다.

"단순히 하나의 기업을 운영하시는 게 아니라, 나라와 국민들을 위해 큰일을 하고 계시니 바쁘실 수밖에요."

문상진은 차준후가 존경스러웠다.

최측근인 그는 차준후가 무엇을 하기 위해 움직이고 있는지 그 누구보다 잘 이해하고 있었다.

또한 차준후라는 사람이 얼마나 여유로움을 추구하는지 잘 알고 있기에, 지금 그가 바삐 움직이는 것이 굉장한 결단이 필요한 일이었음도 잘 알았다.

"저희만 배부르게 살면 되겠습니까. 같은 대한민국 국민으로서 최소한 배불리 먹고 살아갈 수는 있게 만들어야죠. 그리고 나라가 발전하고, 국민들의 기본 소득이 증대되어야 기업도 더 성장할 수 있기도 하고요."

차준후는 회귀를 한 이후 줄곧 어째서 자신이 회귀를 하게 된 것일까 고민했다.

그것도 하필이면 이 시대로.

그리고 그렇게 고민을 이어 나가며 이 시대를 살아가는 동안, 이 시대의 안타까움을 직접 눈으로 보게 되며 여러 생각이 들었다.

21세기를 살아왔던 그의 눈으로 보았을 때 이 시대에는 부족하고 안타까운 부분이 너무나도 많았다.

그리고 그것들을 지켜보며 차준후는 자신이 해야 할 일을 깨달았다.

남들은 볼 수 없는 것을 자신은 볼 수 있고, 남들은 해결할 수 없는 일을 자신은 해결할 수 있는데 가만히 있을 수는 없었다.

차준후는 이것이 1960년대로 회귀한 자신의 천명이라고 여겼다.

"대표님의 이야기를 듣다 보면 절로 고개가 숙여집니다."

문상진이 몸을 부들부들 떨었다.

사실 이건 일개 기업인으로 할 수 있는 영역이 아니었다.

어느 기업이 국민들의 가난을 해결하겠다고 나설 수 있겠는가.

그런데 스카이 포레스트라면, 차준후라면 이야기가 달랐다.

차준후는 일개 기업인으로 치부할 수 있는 인물이 아니었다. 그에겐 한 나라를 바꿀 만한 능력이 있었다.

물론 그런 능력이 있다고 해서, 이런 결심을 할 수 있는 건 아니었다.

정말 존경하지 않을 수 없었다.

"누구라도 저와 비슷한 입장이었다면 똑같이 행동했을

겁니다."

 차준후는 자신을 너무 낮추지도, 너무 높이지도 않았다.

 물론 자신이 해 왔던 일들이 엄청나다는 건 알지만, 그건 스스로의 능력 덕분보다는 미래 지식을 알고 있었기에 가능했던 것이라 생각했기 때문이었다.

 그저 정답을 알고 있기에 그에 맞춰 행동했을 뿐, 다른 사람도 자신처럼 회귀를 한다면 충분히 해낼 수 있던 일이라 여겼다.

 "대표님은 스스로를 너무 낮게 보고 계십니다. 지금 하시는 일들이 얼마나 대단한지 밖에 나가 보면 바로 알 수 있습니다."

 "좋은 말씀 고맙습니다. 그런 의미에서 회사 경영을 조금만 더 맡아 주세요."

 "여기서 더요?"

 "제가 믿을 분이 부대표님밖에 더 있겠습니까?"

 "끄응! 제가 조금 더 열심히 일하겠습니다."

 문상진이 결국 받아들였다.

 "제 인감도장까지 넘겨 드리겠습니다. 이제부터는 제 눈치 보지 말고 시원하게 결재하세요."

 "인감도장까지 가지고 오셨네요?"

 "마음껏 모든 권한을 행사하세요. 대표의 권한을 모두 일임해 드리겠습니다."

홀가분한 표정의 차준후였다.

"미리 준비한 일이었군요."

문상진의 얼굴에 조금 그늘이 졌다.

어쩨 너무 많은 업무량이 넘어온 것 같았다. 이러면 대표의 업무까지 봐야 하지 않은가.

"지금처럼만 하시면 됩니다. 못할 게 없어요."

"누구라도 대표님처럼 할 수는 없습니다. 제게 모든 걸 떠넘기시면 절대로 안 됩니다."

"어렵게 생각하지 마세요. 하다 보면 다 됩니다."

차준후도 처음부터 이런 일들을 해낸 건 아니었다. 하다 보니 일이 점점 커져서 지금처럼 된 것이었다.

물론 미래를 알지 못하는 문상진이기에 실수를 하는 일도 생기겠지만, 누구라도 실수는 하는 법이었다.

차준후는 스카이 포레스트의 일익을 담당할 문상진이 실수하고 고생하면서 쭉쭉 성장하기를 원하고 있었다.

"그게 어려운 겁니다."

"부대표님은 지금까지 탁월한 수완을 발휘해서 스카이 포레스트가 견실한 경영을 할 수 있도록 도왔습니다."

차준후는 문상진을 대단히 높이 평가했다.

그리고 이건 차준후만의 평가가 아니었다. 세간에서도 문상진이 있기에 스카이 포레스트가 더 원활하게 돌아갈 수 있던 것이라 평했다.

실제로 차준후가 자리를 비울 때마다 문상진이 도맡아서 일을 처리해 오지 않았던가.

"그건 대표님의 조언이 있었기에 가능한 일이었습니다."

"제가 어디로 떠나가는 것이 아닙니다. 옆에서 도울 테니 걱정하지 마세요."

"뭔가 바뀐 것 같은데요."

돕는 건 문상진 자신이 되어야만 했는데…….

왜 대표인 차준후가 부대표를 돕는단 말인가.

"앞으로도 잘 부탁드립니다."

"절 절대로 외면하시면 안 됩니다. 대표실에 자주 출근하시고, 제가 의견을 구하면 바로 알려 주셔야만 합니다. 아셨죠?"

"제가 요즘 바빠서요. 최대한 신경을 쓰기는 하겠습니다."

차준후는 지도 편달을 바라는 문상진을 엄하게 키울 작정이었다.

사자는 새끼를 낭떠러지 아래로 떨어뜨린다고 하지 않던가.

* * *

불과 1년까지만 해도 대한민국 재계 서열 1위는 성삼이 차지하고 있었다.

 그러나 스카이 포레스트의 등장과 함께 재계 서열 2위로 밀려나게 되었고, 이제는 2위의 자리마저 위태로운 지경이었다.

 대현을 비롯한 다른 기업들이 과감하게 중공업에 뛰어든 반면, 성삼은 다소 뒤늦게 중공업에 진출한 탓이었다.

 돌다리도 두들겨 보고 건너야 한다는 이철병의 철학이 발목을 잡았다.

 그동안 다른 기업들이 시장을 형성하면 막강한 자금력을 바탕으로 단숨에 시장 점유율을 차지해 나가는 성삼의 경영 전략이 이번에는 먹히지 않았다.

 빠르게 중공업에 뛰어든 기업들이 스카이 포레스트의 지원을 받고 있는 탓에, 뒤늦게 사업에 뛰어든 성삼에게는 도무지 기회가 찾아오지 않았다.

 스카이 포레스트가 깊게 관여하고 있는 사업들은 스카이 포레스트에서 기회를 주지 않는다면 성장하기가 쉽지 않았다.

 반면 스카이 포레스트와 여러 사업을 함께한 대현그룹은 무서운 성장세를 보였다. 수많은 언론사들은 이제 대현그룹이 성삼그룹과 어깨를 나란히 하거나, 또는 이미 앞질렀을 것이라고 평가했다.

「대현그룹. 성삼그룹을 앞서다.」
「이제 국내 재계 서열 2위는 대현그룹이다.」
「스카이 포레스트 차준후 대표와 일찌감치 친하게 지내고 있는 정영주 회장.」
「정영주 회장의 뚝심이 마침내 경영계에 파란을 일으켰다.」

언론사들에게 대현과 성삼의 라이벌 구도를 매우 쓰기 좋은 기삿거리였다.

대한민국을 대표하는 기업들이기에 국민들의 관심이 대단히 높았고, 둘의 치열한 경쟁은 기사로 내보낼 때마다 뜨거운 반응을 불러일으켰다.

"이야! 이제 성삼은 대현에게 안 되는구나."

"작년까지만 해도 성삼이 잘나갔는데."

"이제는 아니지. 스카이 포레스트가 대현을 대놓고 밀어주고 있잖아."

"취직하려면 성삼이 아니라 대현에 해야만 해. 앞으로 대현그룹은 스카이 포레스트와 함께 더욱 잘나갈 테니까."

요즘 들어 사람들은 대현그룹을 더욱 높이 평가했다.

그도 그럴 것이 스카이 포레스트가 굵직굵직한 사업인 조선소와 경부고속도로 사업을 대현그룹과 함께하고 있었기 때문이었다.

그에 반해 성삼그룹은 경부고속도로의 일부 구간 건설 사업권만 따냈다. 그로 인해 스카이 포레스트의 눈 밖에 난 것이 아니냐는 이야기들이 흘러나왔다.

"성삼은 왜 스카이 포레스트에게 미움을 받는 걸까?"

"사업 초창기에 충돌이 있었다고 하더라고."

"어떤?"

"지금 형광등 만들고 있는 업체 알지?"

"광신전기잖아. 거기에서 만드는 저렴한 형광등 덕분에 요즘 밤에도 환하게 불 켜고 산다."

"광신전기를 차지하려고 성삼의 사람이 수작을 부렸다고 하더라고. 그런데 스카이 포레스트가 그 수작을 막아내고 광신전기를 인수한 거야."

광신전기에서 벌어진 사태가 조금씩 흘러나오고 있었다. 호되게 당했던 광신전기 관계자들의 입을 통해서 진실이 밝혀지고 있는 것이었다.

"대출까지 막아 버렸다니, 정말 나쁜 기업이네."

"차준후 대표 아니었으면 지금의 광신전기는 없었을 거야. 일찌감치 성삼그룹이 먹었겠지."

"좋은 기업이라고 생각했는데…… 이제 보니 나쁜 짓을 많이 하는구나."

"평소 구설수가 많은 기업이잖아."

성삼그룹은 가만히만 있어도 이미지가 점차 나빠지고

있었다.

 그저 다른 기업들에 비해 스카이 포레스트와 함께 사업을 하는 일이 드물다는 이유 하나만으로 안 좋은 의혹들이 제기됐다.

 이러한 입소문은 계속해서 확산되어 갔고, 이 때문에 성삼그룹 비서실이 분주하게 움직였다.

 "비서실장, 지금 올라와 봐."

 대한민국 재계 서열 2위 기업의 회장인 이철병의 얼굴이 무척 수척했다.

 평소 매우 단정하고 깔끔한 모습을 하고 있는 그였다. 그러나 오늘은 넥타이도 풀려 있고, 무척이나 어지러운 모습이었다.

 책상 위에는 여러 신문사들의 신문이 어지럽게 펼쳐져 있었다.

 - 알겠습니다.

 비서실장이 곧바로 올라왔다.

 "회장님, 부르셨습니까."

 "왜 기사를 미리 막지 않았나?"

 "죄송합니다. 이번 기사들은 저희 쪽에 통보하지 않고 그들이 기습적으로 낸 것이라서 손을 쓸 방도가 없었습니다."

 "이건 분명히 의도적으로 내놓은 기사들이야."

"알아보겠습니다."

"대현그룹에서 입김을 불어넣었다는 이야기가 있어."

이철병이 미간을 잔뜩 찌푸렸다.

그의 뇌리에 입이 찢어져라 웃고 있는 정영주가 떠올랐다.

성삼그룹과 대현그룹은 경쟁심을 넘어, 서로를 불편해하는 관계였다. 그리고 그것은 두 그룹의 회장인 이철병과 정영주가 서로를 마뜩잖게 여기는 것에 비롯되었다.

어쩌면 이건 복수일지도 몰랐다.

오래전, 이철병은 정영주에 대한 인터뷰를 한 적이 있었다. 정영주가 국졸이라는 점을 비아냥대는 인터뷰였다.

가방끈이 짧은 사업가!

이철병이 정영주를 두고서 하는 가장 많은 표현 가운데 하나였다.

정영주가 이번에 그 보복을 하는 것일 수도 있었다.

"정말 대현그룹이 언론사를 움직인 건지 알아봐."

"예, 알겠습니다."

두 기업의 싸움은 이제 더욱 치열해질 전망이었다.

"저희도 한 방 먹일 수 있도록 준비하겠습니다."

"그것보다 더 중요한 사안이 있어."

"무엇입니까?"

"광신전기에 대한 소문이 왜 퍼져 나가고 있는 거야?"

"……광신전기 직원들 몇 명이 술자리에서 한 이야기가 흘러나온 모양입니다."

"스카이 포레스트와 불편한 관계라는 소문이 퍼져 나가는 건 정말 좋지 않아."

정말 좋지 않았다. 차준후 대표와 친하게 지내도 부족한데, 자꾸만 멀어지고 있는 느낌이었다.

발 없는 말이 천 리 간다는 말처럼 빠르게 소문이 확산하고 있었다.

"신문사들에게 광고를 더욱 많이 안겨 줘. 좋지 않은 기사들이 나오지 않도록 해야 한다고."

이러다가 스카이 포레스트와 더욱 멀어질 수도 있었다. 조카인 이호영이 벌였던 짓이 더 퍼져 나가는 건 어떻게든 막아야 했다.

"조치하겠습니다."

"신문 광고 문안을 작성해 봤어. 문안을 다듬어서 곧바로 내보낼 수 있도록 해."

이철병이 테이블 위에 작성해 놓은 신문 광고 문안을 비서실장에게 넘겼다.

신문 1면에 나오는 통광고였다.

"매끄럽게 다듬어서 내일 광고로 나올 수 있도록 하겠습니다."

성삼그룹이 국내 재계 서열 2위라는 걸 강조하는 광고

였고, 은연중에 대한민국의 고난을 함께하고 있는 기업이라는 걸 내보였다.

그러면서 밀가루를 파격적으로 할인해서 판매하였고, 모직에서도 섬유와 의류를 저렴하게 할인하였다.

국민들의 나빠진 여론을 추스르기 위한 할인 판매 전략이었다.

할인 전략은 효과적이었다.

다행스럽게도 성삼에 대해서 나빠지기만 하던 여론이 반전됐다.

어렵고 힘든 이 시대에 돈을 뿌리는 전략은 톡톡히 효과를 봤다. 성삼은 막대한 출혈을 감수해 가면서 국민들의 인식을 좋게 바꾸려고 노력했다.

* * *

차준후가 대표실에서 아이스 아메리카노를 마시면서 신문을 읽고 있었다.

"이야! 요즘 들어서 대현과 성삼이 난리네."

며칠 전에는 대현이 성삼을 때렸는데, 오늘은 성삼이 반격하는 모양새였다.

"대놓고 비방하지는 않지만 암중에 칼을 날리는 거네."

차준후가 혀를 내둘렀다.

두 기업의 경쟁은 어제오늘이 아니었지만, 너무 사소한 부분까지 자존심 싸움을 해 대는 탓에 두 기업과 얽힌 이들까지 난처한 상황이 벌어지곤 했다.

 그에 재계 원로들이 이철병과 정영주의 다툼을 막으려고 했지만 쉽지 않았다. 그 두 사람이 어디 남의 말을 들을 사람들인가.

 자존심 하나만큼은 어디 내놔도 부족하지 않은 회장님들이었다.

 오죽하면 두 사람의 다툼을 중재해 달라는 요청이 차준후에게까지 오기도 했다.

 "원래 싸우면서 크는 거지."

 사업 영역이 겹치는 이상, 성삼과 대현의 다툼은 피할 수 없는 일이었다.

 그리고 이러한 경쟁이 있어야만 두 기업 모두 더 큰 성장을 이루어 낼 수 있었다. 경쟁 없이 독주한다면 그 기업은 현재에 안주하며 침체될 수밖에 없었다.

 그렇기에 차준후는 오히려 성삼과 대현의 경쟁은 어느 정도 필요한 일이라고 보았다.

 "이런 것까지 내가 하나하나 다 챙길 수는 없지."

 무엇보다 이런 일까지 개입하고 싶은 생각도 없었고, 개입을 하는 것 자체가 모양이 이상한 일이라고 여겼다.

 "뭐, 성삼은 조금 억울하긴 하겠지만……."

차준후는 대한민국 경제에 막대한 영향력을 끼치며, 마음에 드는 기업에게 더 많은 기회를 주고 있는 게 사실이었다.

 그리고 그중 대현이 특히 그러한 특혜를 많이 보고 있었다. 대현과 나란히 비교가 되던 성삼으로서는 억울할지도 몰랐다.

 만약 반도체 사업이었다면 성삼을 밀어줬을 수도 있었다. 그러나 반도체 사업까지 가려면 대한민국은 아직도 멀었다.

 "내가 할 수 있는 일들만 하자."

 차준후는 자신이 기억하고, 능력이 닿는 선에서 가장 필요하다고 생각되는 사업에 집중하고 있었다.

 그 결과, 다소 무리하는 측면도 있고, 약간의 부작용이 뒤따르기도 했다.

 하지만 긍정적인 결과를 내고 있다고 차준후는 믿어 의심치 않았다.

 백호벽돌을 비롯하여 대한민국의 수많은 기업들이 더욱 빠른 성장을 이루어 내고 있었고, 기존에 없던 유망한 기업들도 생겨났다.

 "변화가 나쁜 건 아니지."

 그간 차준후는 미래 지식을 활용해 모든 것이 순탄하게 해결되며 크나큰 성공을 이루어 냈지만, 한편으로는 자신의 능력으로 이루어 냈다는 느낌을 받지 못해 성취감을 느끼지 못할 때가 많았다.

그런데 역사가 조금씩 변화하며 이제는 그가 알지 못하는 상황들도 하나둘 만들어져 나가고 있었다.

이제는 그동안처럼 기적 같은 성공을 이루어 내는 건 어려울지도 몰랐다.

그것이 두렵고 걱정되는 한편, 즐겁고 흥분되기도 했다.

앞으로의 성공은 더 이상 미래를 알고 있다는 행운으로 움켜쥐는 것이 아닌, 자신의 능력으로 성취하는 것이 될 테니까.

요즘 들어 점점 적극적이면서 능동적이 되어 가는 차준후였다.

그는 더 나은 스카이 포레스트와 대한민국을 만들기 위해 하루도 빠짐없이 신문을 읽으면서 시사 경제를 꾸준하게 공부했다.

그런 차준후의 눈에 책상 위에는 보고서들이 잔뜩 쌓여 있었다.

"이놈의 보고서들은 매일같이 잔뜩 쌓이는구나."

문상진에게 부대표 자리를 맡기면서 권한까지 잔뜩 부여해 줬다. 그럼에도 불구하고 보고서들이 줄어들지 않고 있었다.

차준후의 결재를 기다리고 있는 서류들은 줄어들 수가 없었다.

'결재는 해 주셔야 합니다. 제발요!'

문상진이 간절하게 부탁한 일이었다.

아직까진 차준후처럼 일 처리를 매끄러우면서 잘 해낼 자신이 없는 문상진이었다. 그는 예전처럼 차준후에게 기대고 싶어 했다.

"이런 보고서들을 직접 처리해야 문상진 부대표의 역량이 커질 텐데……."

차준후는 지금까지 해 온 것처럼 일 처리를 하는 것보다 문상진이 더욱 성장하기를 원했다.

문상진에게 있어서는 시련이었다.

물론 누군가는 차준후가 여유롭게 지내기 위해 짬처리를 했다고 여길 수도 있겠지만, 이 모든 건 문상진을 위한 차준후의 배려였다.

차준후는 대표로서 스카이 포레스트가 잘 굴러갈 수 있도록 결정했을 뿐이었다.

제4장.

강남

강남

 차준후는 문상진이 어떻게 업무를 처리를 하든 가능한 간섭을 하지 않았다. 마치 무뚝뚝한 아버지들처럼 그저 말없이 지켜보기만 했다.
 문상진이 애처롭게 눈빛으로 도움을 구해 왔지만 차준후는 엄격했다.
 "제발 도와주세요."
 "경영 수업의 한 과정입니다. 새롭게 공장을 지어야 한다는 거 알고 계시죠? 10억 원 한도를 내줄 테니, 알아서 한번 해 보세요."
 "컥! 너무 많아요."
 10억 원은 엄청난 돈이다. 이런 엄청난 규모의 사업을 자신이 도맡는다는 건 굉장한 부담이었다.

"해외에서 첨단 장비를 수입해 오고, 기술 제휴를 하려면 10억 원이 결코 많은 돈이 아닙니다."

"이제 그 부분까지 제게 일임하는 겁니까?"

"부대표님께서는 충분히 해내실 수 있습니다. 그러고 보니 제가 예전에 10억 정도는 융통할 수 있게 해 드린다고 했었는데 이제야 그 약속을 지키게 됐네요."

차준후가 뿌듯함을 드러냈다.

남자라면 적어도 자신이 내뱉은 말은 지켜야지.

"아니죠. 그때는 10억 원이 아니라 10억 환이잖아요. 그런 식으로 따지면 100억 환이라고요. 아니, 인플레이션으로 물가가 많이 올랐으니까 100억 환 이상이라고요."

"앞으로는 미국이나 유럽에 나가실 일도 많아질 테니 그냥 즐기도록 하세요."

"하나도 즐겁지 않습니다. 책임감 때문에 어깨가 너무 무거워요. 그리고 요즘 매일같이 퇴근이 늦어져서 애들 얼굴도 보기가 힘듭니다."

문상진이 앓는 소리를 내뱉었다.

부대표라는 직책을 맡게 된 이후, 그는 몸이 열 개라도 부족할 정도로 열성적으로 일했다.

잔업을 하지 않는 날이 드물었고, 그 탓에 집에 들어가면 아이들은 이미 꿈나라로 간 상태였기에 도무지 얼굴 볼 시간이 없었다.

누군가는 연봉도 엄청나게 올랐는데 배부른 소리라고 할지도 모른다.

그러나 문상진은 이런 식으로 버는 돈은 필요없었다. 아무리 돈을 벌어도 쓸 시간이 없었으니까.

거의 하루 종일 스카이 포레스트의 업무에만 매달려야만 하는 실정이었다. 돈을 쓸 시간이 있을 수가 없었다.

"일은 업무 시간에만 하시고 집에 일찍 들어가세요."

미웠다.

엄청난 업무를 맡겨 놓고서 일찍 들어가라니.

악덕 사장의 이야기이지 않은가.

물론 문상진의 이런 생각은 곧바로 사라졌다. 차준후는 누가 뭐라고 해도 그의 은인이었으니까 말이다.

"그러고 싶은데 해야 하는 업무가 너무 많습니다."

"모두 직접 처리하려고 하니까 그렇죠. 직원들에게 맡길 수 있는 일은 믿고 맡기세요."

"그러다 문제라도 터지면요?"

"터지면 그때 수습하면 되죠. 사업에 완벽이란 없으니까요."

차준후는 성공만 할 수 없다고 생각하고 있었다.

미래 지식을 활용해 왔던 그는 지금껏 실패 없이 성공만 해 왔지만, 그것을 문상진에게도 요구한다는 건 말이 안 되는 일이었다.

언젠가 한 번은 실패를 하리라고 이미 예상하고 있었다.

다만 실패에서 그치지 않고 다시 일어나서 더욱 큰 성공을 만들어 내면 된다. 시련을 이겨 내면 더욱 성장할 수 있는 법이다.

"사장님이라면 몰라도 저는 사고를 경험하면 크게 휘청거린다고요."

"시련은 사람을 성장시켜 줍니다. 그리고 전용기를 타고, 해외에서 직접 운전하는 재미가 쏠쏠해요. 통역사를 대동하고서 해외 업체와 거래를 하면 많은 걸 느낄 수도 있고요. 이런 경험들이 부대표님을 성장시켜 줄 겁니다."

"이건 경영 수업이잖아요. 저는 그저 임직원으로서 만족하고 있습니다."

자신에게 하나둘 업무를 떠넘기고 있는 차준후를 보면서 문상진이 반발했다. 아예 전문 경영인처럼 키우려고 하는 차준후의 의도가 너무나도 선명하게 보였다.

"공장 설계와 발주 등을 할 때 저처럼 믿음직한 직원들을 대동하세요. 그러면 하는 일이 많이 줄어들 겁니다. 그리고 이번 영등포 공장 신설은 한강 이남의 발전시키는 데 있어 중요한 사업입니다. 길게 보면 영등포는 도시화가 진행될 겁니다. 그러니 공장을 지을 때 도시화를 염두에 두고서 진행하시면 좋아요."

차준후가 슬쩍 조언을 건넸다.

"한강 이남 지역이 개발된다는 말씀이신가요?"

문상진은 차준후의 뜻이 무엇인지 곧바로 알아차렸다.

"부동산 가격이 많이 폭등했잖아요. 지금 군사정부는 이를 해결해야만 합니다. 해결하지 못하면 서울로 몰려드는 사람들과 기존의 서울 주민들에게 많은 비난을 받을 겁니다."

"음. 그렇겠죠."

"그동안은 북한과 가깝다는 이유로 박정하 의장이 한강 이북 지역의 발전을 억제해 왔지만, 더 이상은 그럴 수 없을 겁니다."

북한과의 관계가 무척이나 좋지 않은 시대였다.

얼마 전에 간첩단 사건으로 인해 더욱 나빠졌다. 이러다가 전쟁이 일어난다는 소문들까지 퍼지고 있었다.

"음! 이제 한강 이남 지역이 발전할 수도 있겠네요."

"그렇게 될 겁니다. 필연적인 수순이죠."

한강 북쪽의 발전이 막혔기에 자갈밭이나 과수원 등 척박한 남쪽으로 눈을 돌릴 수밖에 없었다.

"사 두면 돈이 될까요?"

"대한민국에서 강남 부동산은 앞으로 불패신화를 써내려갈 겁니다. 여윳돈이 있으면 한강 이남으로 구입해 두세요. 자자손손 풍족하게 살아갈 수 있을 겁니다."

"그렇게까지 말씀하시니 땅을 보러 다녀야겠네요."

문상진은 열심히 일한 덕분에 상당한 돈을 은행에 예금해 두고 있었다. 그렇게 차준후의 조언에 따라 저금만 하던 돈으로 한강 이남 지역의 땅을 구매할 작정이었다.

* * *

서울 부동산 시장은 연일 뜨겁게 달아올랐다.

농촌에서 도시로 상경한 이들이 늘어나며 서울의 집들은 일찌감치 포화 상태였다. 그 탓에 수많은 이들이 무허가 판잣집을 지어 생활하고 있었다.

집은 없는데 사람은 계속 늘어나며 수요가 폭증하자, 부동산 가격은 불에 기름을 끼얹은 듯 계속해서 상승했다.

「부동산 투기 광풍.」
「서울 집값 어디까지 올라가나?」
「고삐 풀린 부동산 가격! 대책 없다.」
「서민들이 서울에서 집을 사기 어려워지고 있다.」

"사람답게 살려면 집이 있어야지."
"발 뻗고 잘 수 있는 집이 있어야 행복하게 살 수 있어."

"이왕이면 좋은 집을 사라고."
"돈 많이 벌면 어디에 써야겠나? 당연히 집이지."
한국인들의 부동산 사랑은 남다르다.
자기 명의의 자가가 꼭 있어야만 한다고 생각하는 사람들이 바로 한국인들이었다.
그런데 자고 일어나면 하루아침에 부동산 가격이 올라 있으니, 사람들은 서둘러 은행에서 대출까지 받아 가며 집을 구매했다.
"이대로는 못 살겠다."
"아무리 돈을 모아도, 모으는 속도보다 집값 오르는 속도가 빠르니 도무지 집을 살 수가 없네. 이젠 평생을 벌어도 못 살 정도로 올라가 버렸어."
"망해 버려라."
부동산 가격 폭등에 대한 불만을 가진 사람들이 늘어났다. 집 없는 서민들은 집값이나 토지가 몇 배씩 뛰는 것을 보면서 불만을 가질 수밖에 없었다.
"젠장! 이 모든 게 스카이 포레스트 때문이잖아."
"스카이 포레스트 때문에 서울 부동산 가격이 천정부지로 치솟는 거라고."
"고마운 기업인 줄만 알았는데, 내 눈에서 눈물을 뽑아 내는구나."
그중에는 이처럼 애꿎은 스카이 포레스트에게 원망의

화살을 보내는 이들도 있었다.

스카이 포레스트가 대한민국의 경제를 발전시키는 과정에서, 아무래도 수도권 발전에 치중될 수밖에 없는 탓에 일자리를 구하러 상경하는 이들이 많아진 것은 사실이었기 때문이다.

"힘들어 죽겠다. 집주인이 어제 월세를 두 배로 올린다고 하더라. 못 낼 거면 나가라고 해서 지금 어떻게든 돈을 마련하려고 하는데, 너무 어렵다."

21세기에도 자가를 보유하지 않은 사람은 많았다. 자가가 없다고 해서 살지 못하는 건 아니었기에 세상은 어떻게든 굴러가는 법이었다.

다만 진짜 심각한 문제는 매매가만 폭등한 것이 아니라, 월세까지 치솟았다는 점이었다.

집주인들은 세입자들에게 월세 인상을 요구했고, 이를 감당할 수 없는 이들은 길바닥에 나앉는 상황이 벌어졌다.

"제발 한 번만 봐주세요."

"저도 사정을 봐 드리고 싶지만 들어오겠다는 사람들이 많아요. 옆집 건물 주인은 제가 요구하는 금액보다 더 많이 받고 있어요. 저는 그래도 양심적으로 요구하는 거잖아요."

"여기서 쫓겨나면 아이들하고 길바닥에 나앉아야만 합니다."

"경기도로 가면 저렴한 월세들 많잖아요. 거기로 가세요."

"직장도, 아이들 학교도 여기 있습니다. 제발 사정 좀 봐주십시오. 제가 형편이 피면 곧바로 월세를 올려 드릴게요."

도시 지역의 주택 부족으로 부동산 가격이 폭등하는 것으로 피해를 입는 건 돈 없는 서민들뿐이었다.

그리고 서민들은 약간의 피해만으로도 생계에 어려움을 겪게 되니, 사태는 매우 심각하다고 할 수 있었다.

군사정부는 부랴부랴 문제의 심각성을 깨닫고 사태를 해결하기 위한 정책을 내놓았다.

「영동지구, 이른바 한강 이남 지역인 강남을 개발하겠다.」

「박정하 의장은 강남 지역에 60만 명이 거주할 수 있는 신시가지를 개발하겠다고 밝혔다.」

「강남 지역을 적극적으로 개발하여 과밀화되고 있는 강북 지역의 인구를 강남으로 분산시키는 서울시 균형 발전 정책을 추진한다.」

「167억 원을 투입하여 강남 지역을 개발한다.」

국가재건최고회의의 발표였다.

효과적인 인구 분산을 위해 삼성동 5만 평 부지에 상공부와 한국전력공사 등 12개 국영 기업이 입주할 종합청사까지 신축한다는 내용도 있었다.

"강남 지역을 개발하겠다고?"

"황무지에 불과한 곳에 건물을 지으면 누가 가서 살아? 여전히 강북 지역이 살기 좋아."

"맞는 말이야. 건물을 짓기만 한다고 해서 사람들이 가지는 않지."

"서울 하면 강북이지. 강남 지역은 서울이 아닌 경기도라고."

사람들은 강남 개발에 대해서 시큰둥한 반응을 보였다.

그도 그럴 것이 황무지에 건물을 짓고, 거기 가서 살라고 하면 누가 좋아하겠는가?

원 역사에서도 강남 개발은 큰 환영을 받지 못했다.

강남 지역으로 억지로 떠밀려서 내려가야 하는 공무원들도 불평불만이 많았다. 낙후된 지역으로 가는 것이었으니 불만이 터져 나올 수밖에 없었다.

「스카이 포레스트. 강남 개발에 적극적으로 개입한다.」
「SF 학교. 강남 개발 지역 곳곳에 설립된다.」
「SF 병원의 본원 부지를 강남으로 확정.」

「스카이 포레스트가 강남의 도시화 계획에 팔을 걷어붙였다.」

 차준후가 적극적으로 강남 개발에 개입했다.
 강남은 대한민국의 부촌의 상징이자, 대한민국 최초의 대규모 신도시 개발 사업이다.
 대한민국의 경제적 중심을 송두리째 옮겨 버리는 대단위 사업이었고, 시골이나 다름없었던 강남이 본격적으로 개발되기 시작하는 일이었다.
 "강남이 개발되어야지 비로소 서울다워지는 거지."
 차준후에게 시골 풍경의 강남은 익숙하지 않았다.
 고층 빌딩들이 들어서 있고, 화려한 네온사인이 마구 반짝이는 강남 풍경이 차준후의 기억에 떠올랐다.
 지금의 강남은 교통이 불편하고 살기 좋지 못한 시골 동네였다. 워낙 낙후되어 있기에 개발이 쉽지 않았다.
 그러나 이제는 아니었다.
 아직 공표는 안 됐지만, 박정하 의장은 곧 강북을 특정시설제한구역으로 지정하는 특단의 정책을 발표할 예정이었다. 강남을 발전시키기 위해 강북의 발전을 금지시키는 결단을 내린 것이었다.
 민주주의에서는 어렵고 힘든 일이었지만 독재정권인 군사정권이었다.

초고속으로 강남 개발이 결정됐고, 또 빠르게 진행됐다.

* * *

천애복덕방.
"그게 제 덕분이라니요. 어디까지나 사장님이 잘 선택하신 거죠."
변성우가 전화를 받으면서 웃고 있었다.
평소 헤드헌터 업체에서 일하지만 종종 천애복덕방에 와 보고는 했다. 천애복덕방 업무를 아는 사촌 동생에게 맡겨 놓고 있었지만 여전히 대규모 토지 거래나 건물 매입 등은 직접 챙겼다.
- 사장님이 강남땅을 소개해 준 덕분에 얼마나 이득을 봤는데요. 정말 고맙습니다.
"저도 그때 거래를 할 수 있게 공장을 팔아 줘서 정말 고마웠지요."
변성우는 스카이 포레스트 용산 공장을 팔았던 땅 주인과 통화를 하고 있었다.
공장으로 인해 차준후와 인연을 맺었다. 그 덕분에 지금은 헤드헌터 업체까지 창업하였고, 스카이 포레스트를 비롯한 기업들에 인재들을 소개시켜 주고 있었다.
이 모든 게 용산 공장으로부터 시작됐다.

아직도 차준후가 천애복덕방 문을 열고 들어온 날이 잊히지 않는다.

- 그런데 다름이 아니라 과수원 땅을 사고 싶다는 사람들이 자꾸 찾아오고 있어서요. 지금 팔아도 괜찮을까요?

변성우의 추천을 받아 용산 공장 부지를 매각한 돈으로 강남땅을 대거 매입해 둔 그는 이번 부동산 폭등으로 엄청난 이익을 벌어들일 수 있게 되었다.

그런데 지금 당장 땅을 매각하자니, 앞으로도 부동산 가격이 계속 오르진 않을까 싶어서 이렇게 자문을 구하기 위해 연락한 것이었다.

부러운 고민이었다.

"강남 개발은 이제 막 시작됐는데 벌써 파는 건 성급하죠. 앞으로 강남땅은 더 가격이 오를 겁니다. 돈이 꼭 필요한 일이 있으신 거면 모를까, 아직은 더 갖고 계세요."

- 역시 그렇죠? 저도 그렇게 생각하는데, 주변에서 지금이 꼭지라고 팔아야 한다고 해서요. 정부가 토지 수용을 하면 제값을 받지 못할 수도 있다는 말이 많더라고요.

1962년 1월 1일, 대한민국에는 정부가 특정 공익 사업을 위해 토지 소유자에게 적절한 보상을 지급하는 것을 조건으로 강제적으로 토지를 수용할 수 있는 법안이 제정되었다.

한마디로 땅을 정부에 강제로 매각하게 만드는 법률이었다.

"그렇지는 않습니다. 법률상 정부가 토지 수용을 할 때 시가에 맞춰 보상하도록 되어 있습니다. 매각하실 의향이 전혀 없으시다면 모를까, 개인이 아닌 정부에게 매각하게 되었을 뿐 제값을 받지 못하는 일은 없습니다."

토지 수용으로 문제가 발생하는 경우는 보통 토지 소유자가 시세보다 더 높은 보상금을 정부에게 요구하거나, 또는 정부가 주는 보상금이 얼마든 상관없이 토지 소유자가 토지를 매각하고 싶지 않을 때 벌어졌다.

어차피 투자 목적으로 매각할 의향인 지금 같은 상황에서는 별다른 문제는 없었다.

- 복덕방 사장님께 연락드리길 잘했네요. 사장님 이야기를 들으니 속이 시원합니다.

변성우가 가만히 웃었다.

이제는 복덕방 사장님이라는 호칭이 어색하게 다가왔다. 복덕방을 사촌에게 맡긴 이후로는 헤드헌터 업체의 대표로서의 자신이 더 익숙해진 것이다.

물론 어색해졌다는 것일 뿐이지, 복덕방 사장이라 불리는 것이 싫어진 건 아니었다.

복덕방을 한 덕분에 차준후를 만나게 된 것이었으니까.

- 그러면 혹시 제가 여윳돈이 조금 있는데, 강남땅을 더 사 두는 건 어떻게 생각하세요?

"여유가 있으시다면 나쁘지 않은 생각이죠. 전 강남땅의 가치가 계속 더 올라갈 거라고 봅니다."

조만간 강북이 특정시설제한구역으로 지정된다는 사실을 차준후를 통해 미리 언질을 들었기에 변성우는 확신했다.

강북을 특정시설제한구역으로 지정한다는 건 그만큼 정부가 강남 개발에 진심이라는 것을 확인할 수 있는 대목이었다.

강남은 지금 세간에서 사람들이 추측하는 것 이상으로 개발될지도 몰랐다.

- 스카이 포레스트에서 진심으로 강남 개발에 참여하는 것이 맞지요?

은근히 목소리를 낮춰서 묻는 과수원 주인이었다.

그는 스카이 포레스트 용산 공장 부지를 판매했던 장본인이었기에 변성우가 차준후와 가깝게 지내는 걸 잘 알았다.

"차준후 대표가 팔을 걷어붙이고 나섰습니다."

이미 기사화도 된 내용이었기에 더 말해 줄 것도, 숨길 것도 없었다.

- 그래요? 그러면 역시 돈이 되는 대로 사 봐야겠네요.

스카이 포레스트가 하는 사업은 돈이 된다!

이제 대한민국에 이 사실을 모든 사람은 없었다.

아무래도 적잖은 돈은 움직이는 탓에 조심스러웠는데, 아무 걱정 없이 강남땅에 더 투자를 해도 괜찮을 것 같았다.

과수원 주인은 여윳돈뿐만 아니라 은행에서 대출까지 받아서 투자를 할까도 고민이 들기 시작했다.

- 여긴 강남땅 매물 나온 것 좀 있나요?

"안타깝게도 없습니다. 일부 나왔던 매물도 개발 발표가 나자마자 다시 거둬 갔고요."

- 좋은 매물이 나오면 연락 주세요 그러면 제가 나중에 한턱 크게 내겠습니다.

"그렇게 하지요. 여윳돈이 얼마나 됩니까?"

통화가 조금 길어졌다.

천애복덕방뿐만 아니라 서울에 위치한 복덕방들은 죄다 비슷한 상황이었다. 그동안 아무도 찾지 않던 강남땅을 사들이려는 사람들이 계속해서 늘어나고 있었다.

* * *

서울의 인구는 1950년도에 약 170만 명에 달했으나, 한국전쟁으로 급감하여 1951년도에는 약 65만 명 수준에

그쳤다.

그러나 1962년 현재, 서울의 인구는 무려 약 300만 명에 가까웠으니 거의 10년 만에 인구가 4배 이상 늘어난 것이었다.

한 나라의 수도가 크게 발전한다는 건 무척 반길 일이었지만, 서울은 지나치게 빠르게 성장하며 다소 무분별한 도시화가 이루어졌다.

무계획적이고 비효율적인 도시 팽창, 이른바 스프롤 현상을 겪게 된 것이다.

그 탓에 서울에는 매년 엄청난 수의 집이 생겨났지만, 늘어나는 인구수를 도무지 감당하지 못했다.

이때 등장한 것이 바로 강남 개발이었다.

강남 개발은 토지구획정리사업이 구체화되면서 본격적으로 추진됐다.

"경부고속도로 건설 덕분에 강남 개발이 조금 더 구체화할 수 있어서 다행이외다."

정영주가 차준후와 함께 강남 지역을 돌아보고 있었다.

강남의 신시가지 개발은 경부고속도로 건설과 일정 부분 맥을 같이하고 있었다.

"토지구획정리사업을 하면서 서민들이 고통받지 않도록 신경을 써 주세요."

차준후는 오르는 월세를 감당하지 못하고 판잣집으로

떠밀려 생활하고 있는 이들을 떠올렸다. 그들을 생각하면 정말 안타까웠다.

"마음씨도 참으로 곱소이다. 다행히 공공 부지에 판잣집들을 지을 수 있도록 허가를 받았으니, 그 걱정은 내려놓아도 될 거요."

정영주가 웃으며 말했다.

그는 여러 번 함께 사업을 한 덕분에 어렵고 힘든 사람을 외면하지 않는 차준후의 성격을 잘 알고 있었다.

그래서 무허가로 살고 있는 판잣집 주민들을 내쫓지 않고 한쪽에서 거주할 수 있는 공공 부지를 박정하와 협의해서 마련해 뒀다.

참으로 잘한 계획이었다.

"잘하셨네요."

"그들 가운데 건설 인부로 일하겠다고 하는 사람이 있으면 고용하기로 했지요."

경부고속도로와 강남 개발은 하나같이 엄청난 규모의 대공사였기에 건설 인부가 아무리 많아도 부족했다. 덕분에 대한민국의 실업률이 크게 내려가는 효과가 발생했다.

"별다른 문제는 없으십니까?"

"조금 비협조적인 사람들도 있지만, 대부분 상당히 협조적이외다. 덕분에 토지구획정리사업은 빠르게 진행할 수 있을 듯하오."

강남 개발을 위해서는 결국 토지 소유자들과 원만히 협의를 끝내 토지를 수용하는 것이 필수였는데, 다행히 이 부분은 별다른 문제 없이 해결될 것으로 보였다.

"교통 사정은 어떻습니까?"

"엉망이지요. 빠른 시일 내에 공사 현장으로 오가는 도로를 새롭게 깔 겁니다."

토지구획정리를 하면서 교통량이 많아지고 있었고, 오가는 사람들도 늘어났다. 교통 인구가 늘어나고 있었지만 도로와 교통 환경이 따르지 못했다.

"도로를 늘리는 것만으로는 부족할 겁니다. 다른 획기적인 방법이 필요할 것 같은데요."

차준후는 강남의 교통 환경이 도로 건설만으로 해결되지 않는다는 걸 알았다.

강남은 꾸준하게 발전하는 대한민국 최고의 도시였다.

지금 도로를 건설한다고 해도 세월이 흐르면 넘쳐 나는 교통량을 감당해 내지 못한다.

처음 만들 때부터 제대로 만들어야 교통 흐름이 제대로 흘러간다.

"좋은 생각이라도 있으시오?"

정영주가 눈빛을 반짝거리면서 물었다. 동시에 차준후에게 가깝게 접근했다.

그에 발맞춰 차준후가 슬쩍 물러났다. 정영주의 눈빛이

너무 부담스러웠다.

"지하철을 생각했습니다. 지상만으로 교통 체증을 해결할 수 없다면, 지하를 이용하면 되는 거죠."

"허! 차준후 대표는 정말 엄청나게 앞서나가는구려. 황무지나 다름없는 강남에 지하철을 설치하겠다? 다른 사람이 말했으면 미쳤다고 말했을 것이오."

"서울은 지금 엄청나게 발전하고 있습니다. 불과 10년만에 인구가 몇 배는 늘어났어요. 저는 언젠가 서울의 인구수가 천만을 넘어설 거라고 내다보고 있습니다."

"천만 말이오?"

정영주가 믿기지 않는다는 듯 두 눈을 휘둥그레 떴다.

물론 서울의 인구가 천만을 돌파하는 건 1988년으로, 지금으로부터 굉장히 시간이 지난 뒤였다.

그러나 중요한 건 이대로 내버려두면 결국 서울은 혼잡해지고, 그때 해결하려고 하면 일이 훨씬 복잡해진다는 점이었다.

"예. 그때가 되어서 지하철을 설치하려고 하면 더욱 일이 어려워질 겁니다. 그러나 처음부터 계획적으로 접근한다면 훨씬 비용 절감을 할 수 있겠죠."

차준후는 강남의 엄청난 교통 혼잡을 봐 왔다.

지금부터 계획적으로 접근하면 그 교통 혼잡을 줄이는 게 가능해 보였다.

사실 서울의 교통 문제 해결을 위해 지하철을 건설해야 한다는 주장은 1960년대 초부터 있어 왔다.

 물론 극히 일부의 주장이었다.

 수송의 효율적인 방안과 이용객의 편의 제공, 그리고 교통 혼잡 해소 등을 이유로 지하철을 꺼내 든 도시개발자들이 있었다.

 당시 그들의 주장은 허황되어 보였다.

 먹고살기도 힘든데 무슨 놈의 지하철인가.

 결국 대한민국의 지하철 착공은 1971년에 이르러서야 진행되었고, 1974년에 첫 지하철 노선이 개통되었다.

 하지만 차준후는 단순히 돈이 문제라면, 구태여 그때까지 기다릴 필요가 없다고 여겼다. 건설 비용의 상당 부분을 스카이 포레스트에서 분담하면 되는 일이었으니까.

 "지하철 설치를 이처럼 쉽게 말할 수 있는 사람은 국내에서 차준후 대표밖에 없을 거요."

 정영주는 듣는 것만으로 심장이 두근거렸다.

 넘치는 의욕과 정력을 가지고 있는 그였지만 이건 해도 너무하는 사업이었다.

 땅 위에서 나아가는 전철을 만드는 것만도 힘든 시기였다.

 그런데 지하철이라고?

 정말 미쳤구나.

그런데 차준후의 이야기를 듣다 보니 기대됐다.

아직 황무지인 강남이 엄청나게 발전하고, 도로에 차량들이 넘쳐 나서 교통 흐름이 혼잡스러운 광경이 그려졌다.

그런데 땅속에서는 막히지 않고 지하철이 운영되는 광경은 생각만 해도 환상적이었다.

제5장.

지하철

지하철

"대한민국의 좋은 날이 올 겁니다."

"그래야지요. 그러기 위해서 지금 구슬땀을 흘리고 있는 것이고요. 그런데 지하철을 만들려면 지금 대한민국의 기술 수준으로는 어렵지 않겠소?"

차준후의 말처럼 되기를 바라지만, 여전히 지하철 건설에 대한 두려움을 가지고 있는 정영주였다.

"어렵지 않습니다. 부족한 부분은 해외에서 기술을 들여오면 됩니다."

"시기적으로 조금 빠르다고 생각되기도 하외다."

"영국 런던에는 지하철이 1863년에 등장했습니다. 뉴욕과 보스턴, 파리 등에는 1900년대에 나왔고요. 지하철이 등장한 시기는 인구가 대략 200만에서 300만 사이였을 때입니다. 서울에도 지하철이 등장하기 적당한 때이지요."

차준후는 지금이 지하철 건설의 적기라고 봤다. 그렇기에 강남 개발 이야기를 듣자마자 지하철에 대해 알아봤다.

어차피 자신이 나서지 않는 이상, 서울 지하철 건설이 순조롭지 않으리라는 것을 잘 알고 있었기에 빠르게 움직인 것이었다.

서울 지하철 건설은 대한민국의 건설 기술 수준도 문제지만, 그보다는 천문학적인 사업비가 더 큰 문제였다. 21세기 지하철에 현저히 못 미치는, 일부 노선만 건설하더라도 경부고속도로 건설 사업비에 준하는 비용이 필요했다.

원 역사에서도 지하철 건설 사업에서 자금 문제가 가장 발목을 잡았고, 결국 서울시는 공채를 발행하여 공사를 이어 나갔다.

대한민국의 경제 사정이 조금 나아졌다지만, 이 문제가 간단히 해결될 만큼 나아진 건 아니었다.

스카이 포레스트의 도움 없이는 원활하게 서울 지하철 건설 공사를 진행하는 건 불가능했고, 다행히도 차준후는 기꺼이 나라를 위해 지하철 건설 사업을 진행할 의향이 있었다.

"음! 차준후 대표 앞에서는 불도저라는 꼬리표를 달지 못하겠소이다."

정영주는 차준후가 지하철에 진심이라는 걸 뼈저리게 느꼈다. 저렇게 열을 내고 있는 차준후는 누구도 막을 수 없었다.

* * *

교통난, 주택난, 상수도 급수난 등 서울시에는 산적한 문제들이 많았다. 군사정부와 서울시는 어디서부터 손을 대야 할지 모를 정도로 많은 문제들로 인해 골머리를 앓았다.

「서울시의 항구적인 교통난을 해결하는 방법은 지하철이다. 조속한 시일 내에 지하철을 건설하는 것밖에 다른 대안이 없다.」
「차준후 대표가 이번에는 지하철을 꺼내 들었다.」
「지하철이 과연 대한민국에 맞은 사업인가? 의문이 든다.」
「지하철은 너무 이르다. 보다 현실적인 사업이 대한민국에 필요하다.」

차준후는 자신의 계획을 곧바로 언론사를 통해 알렸고, 그보다 앞서 미리 이야기를 전달받았던 박정하는 황급히 비상 회의를 열었다.

"교통부 장관, 자네는 지하철 사업을 어떻게 보는가?"

박정하가 교통부 장관에게 물었다.

박정하의 주재하에 진행되는 이 회의에는 서울시장, 교통부 장관과 서울철도국장 등을 비롯한 정부의 주요 관리들이 참석해 있었고, 국가재건최고회의 의원들도 전원 참석하여서 귀를 기울였다.

"우선 지하철 사업이 진행 가능한 사업인지부터 철저히 검토해야 한다고 생각합니다."

교통부 장관이 원론적으로 대답했다.

아니, 그렇게 대답할 수밖에 없었다.

그도 그럴 것이 교통부는 지하철에 대해서 제대로 고민을 해 본 적이 없었고, 아는 바도 없었다.

런던, 뉴욕과 같은 선진국의 주요 도시에나 있는 지하철을 서울에 건설하겠다고?

이런 미친 스카이 포레스트.

지하철을 건설하는 건 좋다!

그런데 사업을 하려면 제발 상의를 하고 터트려라.

스카이 포레스트가 대규모 토목 사업을 펼칠 때마다 심장이 덜컥 떨어지고는 하는 교통부 장관이었다.

그렇지 않아도 자꾸 머리카락이 빠져서 고민인데, 스카이 포레스트가 그의 고민을 더욱 늘어나게 만들었다.

"철저히 검토하는 건 좋아. 그런데 지금 교통부의 생각은 어떤지 알고 싶다네."

박정하는 길게 기다릴 마음이 없었다.

발 빠르게 움직이고 있는 차준후에 맞추기 위해서 빠른 결정을 내리는 편이 좋았다.

"솔직히 어렵다고 보고 있습니다. 지금 서울에는 맞지 않는 사업입니다. 맞지 않은 옷을 입으면 어울리지 않는 것처럼 말입니다."

교통부 장관이 부정적인 의견을 피력했다.

사실 회의장으로 오기 전에 경제기획원장을 비롯한 고위 관리들과 미리 의견을 나눴다. 그리고 지하철 건설은 시기상조라는 의견을 내렸다.

저기 한쪽에 앉아 있는 경제기획원 양택일 원장은 대한민국의 국고를 책임지고 있는 양반이었다.

양택일 원장이 지하철 사업 이야기를 접하고 가장 먼저 한 말이 있었다.

'국가사업을 알지도 못하고 건방진 놈!'

양택일은 차준후를 좋지 않게 바라보고 있었다.

그간 정부가 스카이 포레스트에게 많은 도움을 받은 건 사실이지만, 너무 제멋대로 일을 진행시켜 온 탓에 경제기획원은 휘둘려 와야만 했다.

그 탓에 경제기획원장인 그뿐만 아니라 경제기획원의 수많은 이들이 얼마나 고생을 했는지 모른다..

경부고속도로든 서울 지하철이든 건설 사업비를 스카이 포레스트가 부담한다고 할지라도, 결국 그에 맞춰 인프라를 만들어 나가는 건 정부의 몫이었다. 영향이 없을 수가 없는 일이었다.

"교통부에서는 부정적이란 말이군. 차준후 대표는 서울의 교통난이 심각해질 거라고 예견하던데, 그 부분은 문제없는 건가?"

박정하는 차준하가 쓸데없는 데 돈을 쓸 인물이 아님을 알았다. 아무리 돈이 넘쳐 난다고 해도 불필요하게, 손해를 보는 사업을 하진 않았던 스카이 포레스트였다. 분명 필요하니까 투자를 하는 것일 터였다.

"잠시 제가 발언을 해도 괜찮겠습니까?"

"해 봐."

"그건 아직 먼 미래의 이야기입니다. 이른바 소 잡는 칼로 닭을 잡는 것이지요."

발언 허락을 받은 양택일이 의견을 당당히 밝혔다.

"그래?"

"현재 국내에는 교통 체증을 겪을 만큼 차량이 보급되어 있지 않습니다. 도로를 잘 만들기만 해도 족히 수십 년은 문제가 없을 것이라 장담합니다."

 차준후처럼 미래를 알 리가 없는 양택일은 대한민국이 그토록 빠른 성장을 해낼 리는 없다고 내다봤다.

 그렇기에 단계적으로 사업에 착수해도 서울의 교통난은 해결할 수 있다고 봤다. 작금의 상황만 놓고 생각했을 때는 그처럼 생각하는 것이 오히려 타당하다고 볼 수 있었다.

 "스카이 포레스트에게 차라리 다른 민생 사업에 투자를 해 달라고 요청하는 건 어떨까 싶습니다. 의장님께서 허락하신다면 제가 직접 차준후 대표를 만나서 설득해 보겠습니다."

 "자네가? 창피당하지 말고 그냥 있어. 나도 못하는 일을 자네가 할 수는 없을 테니까."

 박정하의 말에 양택일의 얼굴이 붉어졌다.

 말을 고분고분 들을 사람이었으면 애당초 이전에 박정하가 부를 때 쪼르륵 달려오고도 남았다. 양택일이 가서 말한다고 귀를 기울일 차준후가 아니었다.

 차준후는 자신이 하고자 마음먹은 일은 어떻게든 진행하는 남자였다.

 그리고 무엇보다 어찌 됐든 나라를 위해 자신들의 돈으로 짓겠다는 거 아닌가?

 지금 정부가 할 수 있는 일은 어떻게든 더 좋은 방향으로 결과가 나올 수 있도록 최선을 다해 돕는 것이었고, 박정하가 회의를 소집한 것도 그 때문이었다.

"철도국장! 자네 생각은 어때?"

"……지하철 사업은 꼭 필요한 사업이라고 생각됩니다. 그리고 지하철 사업을 진행하게 되었을 때 얻을 수 있는 이득은 단순히 서울 교통난을 해결하는 데에서만 그치지 않습니다."

교통부의 산하 조직인 서울철도국의 국장인 그는 다소 조심스레 자신의 의견을 말했다.

"호오. 계속 말해 봐."

"지하에 건설해야 하는 지하철은 다른 토목 공사보다도 어려움이 많습니다."

"그렇겠지."

"대한민국의 토목 시공 기술을 크게 향상시킬 수 있는 획기적인 전기가 될 겁니다. 스카이 포레스트는 지하철 건설 사업을 위해 이번에도 해외의 선진 공법을 국내에 들여올 테니까요. 그 공법들을 활용한다면 그동안 산지 때문에 우회해야 했던 길에 터널을 뚫어 획기적인 교통 개선을 이루어 낼 수 있습니다."

철도국장은 서울 지하철 건설에 적극적이었다.

그도 그럴 것이 지하철은 철도국의 영역이었고, 지하철 건설을 통해 많은 걸 얻을 수 있다는 판단을 내렸다.

이 당시 전국의 물류 수송에 절대적인 역할을 차지하는 철도국의 권한은 결코 작지 않았다. 이런 철도국이 서울 지하철까지 책임지게 된다면 더욱 권한이 커질 것이 분명했다.

 서울 지하철을 만드는 건 결코 쉬운 일이 아니다.

 그러나 어렵다고 해서 무조건 포기하면 될 일도 안 됐다. 바위에 들이받는다는 심정으로 공략해서 뭐라도 얻어 내려고 악착같이 노력해야 지긋지긋한 가난에서 벗어날 수 있었다.

 스카이 포레스트가 지하철을 만든다는 지금의 기회를 잘 활용해야만 했다.

 "그건 너무 좋은 쪽으로만 생각하는 것이 아닙니까?"

 곧바로 반발을 하는 사람이 나타났다. 바로 경제기획원의 수장, 양택일이었다.

 작년에 신설된 경제기획원은 박정하가 주도하는 경제 개발 5개년 계획의 종합적인 계획 수립과 운용, 예산 편성과 집행 등을 도맡는 기관이었다.

 그런데 경제기획원에 언질도 없이 갑자기 철도 터널을 뚫는다니?

 사전에 논의되지 않은 이런 사업은 승낙할 수 없었다.

 "결국 언젠가는 진행하는 사업입니다. 그런데 스카이 포레스트에서 막대한 공사비를 알아서 부담해 주겠다는

데 나쁜 쪽으로 볼 필요가 있습니까? 지금까지처럼 지켜보면서 얻을 수 있는 이득을 최대한 챙기면 되는 거죠."

"말도 안 되는 소리. 지하철만 놓는다고 지하철 사업이 마무리될 것 같습니까? 이후로도 신경 써야 할 문제가 한두 개가 아닙니다. 대책 없이 섣불리 진행했다가는 나라가 망할 수도 있어요."

양택일이 열을 냈다.

그의 주장의 저변에는 사적인 감정도 섞여 있었다. 그는 제멋대로 국가적인 사업을 벌이겠다고 나서서, 경제기획원의 존재 의의 자체를 뒤흔드는 차준후가 매우 괘씸했다.

그 탓에 저도 모르게 나라가 망한다는 과격한 표현까지 툭 튀어나와 버리고 말았다.

그리고 그 표현에 박정하를 비롯한 이 회의실에 자리한 수많은 고위 관리들이 표정을 찌푸렸으나, 한껏 흥분한 양택일은 그 사실을 알아차리지 못했다.

"경제기획원장님이 다소 지나친 우려를 한다고 생각됩니다. 그간 스카이 포레스트는 어떤 사업을 하든 무작정 진행하여 문제를 일으킨 적이 없습니다. 사전에 조율하여 이후 관리 문제까지도 잘 협의한다면 우려하시는 문제는 일어나지 않을 겁니다."

"하! 스카이 포레스트가 만약 공사 도중에 못하겠다고

발을 빼거나, 부실 공사라도 해서 인명 사고라도 터진다면 그때는 어쩔 겁니까?"

양택일이 점점 더 과격한 말을 토해 냈다.

사실 그의 걱정이 아주 일리가 없는 건 아니다.

지하철 건설은 중간에 무산되거나 어설프게 진행될 바에는 차라리 시작하지 않은 것만 못했다. 백지상태에서 계획을 수립하는 것보다 망가져 있는 계획을 다시 고쳐 쓰는 게 훨씬 어려웠다.

"음! 자네는 이 나라가 망하길 기원하는 건가?"

박정하의 낮은 저음의 음성이 회의장에 울렸다.

그제야 자신이 너무 분노해서 막말을 내뱉었다는 걸 깨달은 양택일이었다. 그를 항상 친근하게 대해 주던 박정하의 시선이 싸늘했다.

"아, 아닙니다! 의장님, 그것이 아니라…… 그저 잘못됐을 때의 부작용을 염두에 두어야 한다는 이야기를 하고 싶었던 것뿐입니다. 그리고 서울에만 지하철이 만들어진다면, 그렇지 않아도 몰려들던 인구가 더욱 가중될 겁니다."

양택일이 빠르게 변명을 늘어놓았다.

그러나 그를 바라보는 박정하의 시선은 이미 차갑게 식어 있었다.

차준후를 향한 사적인 감정을 배제하여 표현을 적당히

지하철 〈115〉

했으면 아무런 문제가 없었을 만큼 양택일의 주장에도 일리가 있었다.

그러나 지나치게 감정을 섞은 채 이야기를 하다 보니, 양택일을 저도 모르게 선을 넘는 표현들을 쓰고 말았다.

그리고 그것이 감당할 수 없는 부메랑이 되어 돌아왔다.

"경제적인 문제는 자네가 나보다 잘 알겠지. 하지만 차준후 대표를 자네의 상식으로 판단해선 안 될 거야."

박정하는 양택일이 차준후의 지하철 사업에 믿음을 갖지 못하는 이유를 충분히 이해했다.

그동안 차준후가 쌓아 올린 업적들이 단순히 운이 좋았던 것이라고, 다른 임직원들의 공로였을 거라며 평가하는 이들은 아직도 여전히 존재했다.

그만큼 차준후의 업적은 현실적으로 믿기 어려운 수준이었다.

그러나 차준후와 대화를 나눠 본 순간, 그가 어느 정도로 생각의 깊이가 남다른지 알 수 있었다.

또한 스카이 포레스트의 성공이 결코 운이 아니고, 차준후라는 존재가 있었기에 만들어질 수 있었음도 알 수 있었다.

차준후와 직접 대면하여 대화를 나눠 본 박정하는 차준후가 진행할 지하철 사업에 대한 확고한 믿음을 가졌다.

"저는 그저 우려되는 점을 말씀드린 것뿐이니 오해는 말아 주십시오."

양택일의 얼굴이 잔뜩 흐려졌다.

"그래. 자네 의견도 충분히 이해하네. 그런데 그렇게 차준후 대표와 각을 세우면 계속 그 자리에 있기 어려울 거야."

박정하가 양택일에게 조언해 줬다.

양택일은 유능한 인재지만 언제든지 바꿀 수 있었다. 그에 반해 차준후를 대신할 수 있는 사람은 대한민국을 비롯해 전 세계 어디에도 없었다.

신임하고 있는 양택일이라고 해도 차준후와 불협화음이 난다면 언제든지 갈아 치울 수 있었다. 경비실장처럼 쫓아내거나 지방 한직으로 발령시키는 건 일도 아니었.

'망했네.'

그제야 양택일은 자신의 너무 함부로 말했다는 걸 깨달았다. 그리고 그 여파는 고스란히 그에게 돌아오게 됐다.

"철도국장."

"네, 말씀하십시오."

"철도국 산하에 지하철 건설본부를 설치하고, 지하철 건설에 관련한 제반 준비를 스카이 포레스트와 협의해 봐."

박정하는 지하철에 찬성한 철도국에 힘을 실어 줬다.

의견이 맞는 상대끼리 사업을 해야 시너지가 좋은 법이었다.

"알겠습니다."

철도국장의 입가에 미소가 진하게 피어났다.

원 역사에서는 서울시에서 자체적으로 지하철 건설본부를 조직하여 훗날 교통부의 외청으로 발족되는 철도청과 충돌이 잦았는데, 이번에는 철도국에서 모든 것을 도맡아 주도할 수 있게 되었다.

"스카이 포레스트에서 민간사업으로 진행한다지만, 이런 국가를 위한 사업에 아무런 국비 지원도 없다는 건 말이 안 돼. 경제기획원장, 얼마나 국비를 투입할 수 있나?"

박정하가 물었다.

일반적으로 국가에서 진행하는 사업이든, 지자체에서 진행하는 사업이든 철도나 도로 등 사회간접자본에 해당하는 사업에 대해서는 국비를 지원해 주는 게 일반적이었다.

양택일이 우려하고 있던 지하철 건설 자금 문제가 튀어나온 것이었다.

"울산공업단지, 경부고속도로, 강남 개발 등에 하나같이 막대한 자금이 투입된 탓에 현재 국고에 돈이 거의 없습니다."

국고에 돈이 넘쳐나면 지하철 건설에 찬성을 할 수 있

었다.

그러나 지금 국고는 텅텅 비어 있었다.

"여유가 얼마나 있는데?"

"쥐어짜면 10% 정도는 보조할 수 있을 것 같습니다."

대한민국에 사회기반시설에 대한 민간의 투자를 촉진하기 위한 민간투자법이 제정되는 건 1994년에 이르러서다.

민간투자법이 제정된 이후에는 사회기반시설에 대한 민간 투자 사업에는 반드시 국비를 지원해 주어야만 했고, 평균적으로 사업비의 30%에서 40%가량을 국비로 부담해 주었다.

그러나 이 당시엔 민간투자법이 없었기에 민간사업에 정부가 반드시 국비 지원을 해 줄 이유가 없었고, 훗날 민간투자법이 제정된 이후라 할지라도 10%면 법적으로 문제가 없는 수치였다.

다만 박정하는 그 정도로는 부족하다고 여겼다.

"10%? 무슨 말도 안 되는 소리를 하는 거야! 최소 20%는 지원해 줄 수 있도록 만들어."

"……알겠습니다."

지하철 사업은 대한민국의 근대화를 알리고, 서울 시민들의 교통난을 해결해 줄 수 있는 아주 의미 있는 사업이었다.

박정하는 이 사업에 반드시 정부도 한 발 걸쳐야 한다고 여겼고, 최소 20%는 지원을 해 줘야 이 사업이 성공했을 때 정부가 얻는 것도 있으리라 판단했다.
 이로써 스카이 포레스트는 조금이나마 부담을 덜어 낼 수 있게 되었다.

 * * *

 기술고시에 합격하여 철도국에 들어온 핵심 기술자들이 철도국 지하철 건설본부에 합류했다.
 그러나 핵심 기술자들이 모였다곤 해도 인원은 겨우 16명에 불과했다. 아주 조촐한 출발이었다.
 "국장님, 정말로 지하철을 만드는 겁니까?"
 "서울 지하철을 우리 손으로 만드는 게 가능할까요?"
 "막대한 재원 조달은 어떻게 하시려고요?"
 "토목 기술은 우리들이 어떻게 한다고 쳐도, 해외에서 차량과 신호기, 통신 등의 장비를 모두 들여와야만 합니다. 난관이 아주 많습니다."
 하루아침에 지하철 건설본부로 보직이 변경된 사람들이 철도국장에게 아우성이었다. 경제적 부분과 기술적인 부분을 해결하지 못하면 서울 지하철 사업은 진행이 안 됐다.

"잠시만 기다리게나. 자네들의 의문을 속 시원하게 풀어 줄 분이 오실 테니까."

철도국장이 싱글벙글 웃고 있었다.

저벅! 저벅!

문밖에서 구두 소리가 들려왔다.

똑똑똑!

노크 소리가 울렸다.

"차준후 대표님을 모셔 왔습니다."

"얼른 모시게나."

뒤이어 차준후가 모습을 드러내자 지하철 건설본부의 기술자들이 그를 알아보곤 눈을 휘둥그레 떴다.

"어렵게 이 자리까지 와 주셔서 감사드립니다."

철도국장이 고개를 냉큼 숙였다.

차준후 덕분에 철도국은 서울시 지하철을 품에 안을 수 있었다. 눈앞의 차준후가 아주 보석처럼 예뻐 보일 수밖에 없었다.

"뵙게 되어서 반갑습니다. 차준후입니다."

"철도국장 김영선입니다."

김영선이 차준후와 악수를 나눴다.

"여기 있는 분들이 지하철 건설본부 사람들입니까?"

"그렇습니다. 철도국에서 인재들만 모았습니다. 사람들이 많지 않은 건 양해를 부탁드립니다."

"괜찮습니다. 천천히 늘려 나가면 되는 일이지요."

차준후는 빠르고 적극적인 정부의 협조를 반겼다.

국가 경제에 기여하고자 하는 일도 정부와 손발이 맞아야 하지 않겠는가. 군사정부가 적극적으로 나오고 있기에 차준후는 한결 지하철 사업을 하기가 편안했다.

"필요한 인원이나 지원이 있으면 언제라도 편하게 말씀해 주십시오. 곧바로 해결하도록 노력하겠습니다."

"앞으로 서로 잘해 봅시다."

차준후는 적극적으로 나서는 김영선이 보기 좋았다. 잘 보이려고 노력하는 모습에 절로 웃음이 나왔다.

철도국장이라고 하면 결코 낮은 공무원이 아닌데 절대 권위적이지 않았다. 오히려 낮은 자세를 유지하면서 겸손함을 보였다.

그도 그럴 것이 경제기획원장인 양택일이 차준후에 대해 쓴소리를 했다가 박정하의 눈 밖에 나 버렸다. 차준후에게 밉보이면 철도국장 자리가 날아갈 수도 있었다. 잘 보일 수밖에.

차준후는 언제래도 재앙으로 돌변할 수 있는 국내 제일의 돈이 엄청나게 많은 사업가였다.

"지하철 건설본부 사람들을 소개시켜 드리겠습니다. 여기 이 사람은……."

김영선은 차례차례 건설본부 사람들의 이름와 이력을

설명했고, 차준후는 16명의 기술자들과 전부 악수를 나눴다.

방금 전까지 지하철 건설본부 사람들이 가지고 있던 불안감은 사라진 지 오래였다.

처음에는 보직이 바뀌며 유배라도 온 기분이었는데 이제는 아니었다. 그 천재 사업가와 함께하는 사업이니 성공은 보장되어 있는 것이나 다름없었다.

"갑작스럽게 이렇게 모이게 되셔서 궁금한 점들이 많으실 겁니다. 뭐든 편하게 질문하십시오."

강남 개발이 계획되는 동시에 지하철을 떠올리자마자 곧장 사업을 밀어붙인 탓에 이 자리에 모인 이들 중 제대로 설명을 들은 이가 없었다.

앞으로 지하철 사업의 중심이 되어 줄 사람들이니만큼 이들에게는 제대로 된 설명이 필요했다.

"그러면 한 가지 질문드리겠습니다. 본격적으로 사업은 언제부터 진행할 예정이십니까?"

"여러분들이 미국에 가서 사업 보고서를 제출하면서 본격적으로 진행이 될 예정입니다."

차준후가 지하철 건설본부에 가지고 온 선물 보따리를 풀었다.

"네?"

"미국이요?"

지하철 건설본부 사람들의 얼굴에 호기심과 당혹감, 즐거움 등이 복합적으로 떠올랐다.

"저는 미국의 기술 협력을 받고, 차량과 신호기 또한 미국에서 수입할 계획입니다. 이후 국내에서 자체적으로 지하철을 생산할 수 있게 된다면 교체하고 추가하는 방식으로 진행할 예정이고요."

차준후는 지하철 건설 사업을 미국과 기술 제휴를 맺어 진행할 계획이었다. 협의가 원만하게 진행되지 않았을 경우에는 영국, 프랑스도 염두에 두고 있는 상태였다.

원 역사에서는 일본과 기술 제휴를 맺어 공사를 진행하고, 지하철 차량 또한 일본에서 수입해 왔지만 차준후의 개입으로 그런 역사는 사라지게 되었다.

차준후는 특별한 이유가 없는 한, 일본과 사업을 함께 할 의향이 없었다.

"저희들이 미국으로 연수를 가는 겁니까?"

"그렇지요. 전문가인 여러분들이 미국에서 많은 걸 보고 배우셔야만 합니다."

차준후는 지하철 건설본부의 전문가들에게 지하철 건설 사업의 많은 부분을 일임할 생각이었다.

"저는 영어를 하지 못해서요."

"통역을 붙여 드릴 테니 걱정하지 마세요."

"저희가 미국으로 출국할 수 있을까요?"

"정부와 미국 대사관에 이미 이야기를 해 뒀습니다. 그런 걱정은 넣어 두세요."

차준후가 문제들을 말끔하게 해결해 둔 상태였다.

미국 대사관에서 비자를 발급해 주지 않으면 유럽 국가로 나가면 그만이었고, 군사정부는 적극적으로 협조를 하고 있었다.

박정하가 관심을 가지고 있는 지하철 사업이었다. 누가 딴지를 걸 수 있겠는가.

"또 다른 걱정거리가 있으면 말해 주세요."

차준후의 자신만만한 목소리가 실내에 울렸다.

"대표님께서 모두 해결해 주실 수 있다고 하니 걱정거리가 없네요."

"걱정은 없고요. 대표님, 저희는 미국에 얼마나 있는 겁니까?"

"반년 이상은 머물러야만 할 겁니다. 일 년이 걸릴 수도 있고요. 너무 시간이 긴가요?"

지하철 건설본부의 사람들은 앞으로 지하철 건설 사업에서 중요한 핵심 역할을 맡을 인재들이었다.

미국에서 조금이라도 더 많이 배워 와야 하기에 최소 반년 이상은 머물러야 한다고 판단됐다.

다만 타국에서의 생활이 어려울 수도 있으니 그 부분이 우려됐다.

"저는 아주 좋습니다. 집에서 돈 많이 벌어 오라고 난리거든요."

"저는 신혼이 지난 지 한참입니다. 집에 들어가지 않아도 아내가 신경을 쓰지 않아요."

"저도 요즘 집 밖으로 나오는 게 너무 좋더라고요. 미국으로 장기 출장이라니, 너무 좋습니다."

여기 있는 사람들은 모두 유부남들이었다.

그리고 결혼한 지 한참 지낸 사람들이었기에 자식들도 장성한 상태였다. 가족에 대한 사랑도 사랑이었지만 일에 대한 열정으로 가득 차 있었다.

그렇기에 농담으로 이야기하면서 분위기를 밝게 이끌어 나갔다.

가족이 신경 쓰인다고 해서 지금 미국으로 출장 겸 연수를 가지 않겠다고?

그건 개인의 선택이었지만 앞으로 많은 게 바뀔 것이었다. 지하철 건설본부의 모든 사람들은 자신들에게 찾아온 기회를 놓치지 않았다.

눈물

"모두 긍정적으로 받아들여 줘서 감사합니다. 지금의 선택이 절대 후회되지 않게 해 드리겠습니다."

차준후는 서울 지하철이 대한민국에 얼마나 중요한 역할을 하는지 잘 알았다. 서울 지하철 건설에 커다란 공로를 세우게 될 이들의 앞날은 무척이나 밝았다.

"자! 이제 자네들은 미국으로 떠날 준비들을 해 놓게. 미국으로 떠나기 전까지 휴가를 줄 테니까, 가족들과 오붓한 시간을 보내도록 하게나."

김영선이 직원들에 휴가를 내줬다. 장기 출장이었기에 부하 직원들을 배려하는 것이었다.

"청장님, 최고입니다."

"감사합니다. 덕분에 가족들과 많은 시간을 보낼 수 있겠네요."

 지하철 건설본부의 사람들이 환호했다.

 이역만리 타국으로 가는 일인데, 왜 가족들에 대한 걱정과 사랑이 없겠는가.

 "저 먼저 갑니다."

 "나중에 공항에서 만납시다."

 사람들이 잰걸음으로 빠져나갔다.

 "허허허! 사람들하고는. 차준후 대표님에게 인사는 제대로 하고 갈 것이지."

 "괜찮습니다."

 "제가 점심 식사를 대접해도 되겠습니까? 근처에 부대찌개를 아주 잘하는 식당이 있습니다."

 "부대찌개라? 벌써부터 입맛이 도네요."

 "가시죠."

 김영선이 차준후와 함께 점심을 먹기 위해 움직였다.

 지하철 사업이 본격적인 궤도에 오르게 됐다.

 역사는 뒤틀렸다.

 차준후가 일으키는 나비효과는 점점 더 강렬해져만 갔다.

 이 나비효과가 커질수록 대한민국의 기간산업과 경제구조는 점점 더 튼튼해졌다.

* * *

"오랜만이네."

서은영이 연락을 주고서 찾아왔다.

머리에서 발끝까지 쫙 빼입고 등장을 한 서은영의 모습은 모델처럼 아름다웠다.

미용실에서만 무려 3시간에 걸쳐 머리를 손봤고, 옷도 수십 벌씩 갈아입으며 골랐다. 차준후를 만나기 위해 최고의 전투태세를 갖추고 나온 것이었다.

너무나도 오랜만에 만나는 차준후였기에 평소보다 아름다운 모습을 보여 주고 있었다.

"오늘 무슨 날이야? 정말 멋지게 꾸미고 왔네."

"응! 멋지게 꾸미고 싶은 날이라서 신경 좀 썼어."

"멋진 모습이라 눈이 즐겁다. 잘 지냈어?"

"바쁘게 지냈어."

두 사람이 만난 건 정말 오래간만이었다. 차준후가 조선소와 LNG 사업 때문에 덴마크로 떠났던 그날 이후 귀국한 지도 제법 오래되었음에도 한 번도 만나지 못했다.

미국에서의 사업 확장을 진행하고, 한국에서는 군사정변까지 터지며 할 일이 너무 많아진 탓에 사적으로 누군가를 만날 시간이 없는 탓이었다.

물론 만나지 못했던 이유가 차준후의 스케줄 때문만은

아니었다.

'너무 컸어.'

서은영의 눈에 비치는 차준후는 엄청나게 커 보였다. 그리고 실제로도 불과 1년 만에 차준후는 세계적인 사업가로 거듭났다.

차준후는 이제 대한민국이라는 좁은 지역에 머물지 않고 전 세계를 상대로 사업을 하고 있었다. 미국을 비롯한 유럽 각지에서 차준후의 보여 왔던 행보에 그녀는 깜짝 놀랐다.

'내가 품을 수 있는 남자가 아니야. 한순간에 하늘 높이 날아가 버릴 줄이야. 잘난 남자라는 건 알았지만 이제 너무나도 대단해졌어.'

그래서 이제는 마음을 접기 위해 가능한 차준후와의 만남을 의도적으로 피해 오기도 했다. 마음이 정리되기 전까지는 만나면 스스로 마음을 주체하지 못할 것만 같았기 때문이었다.

'친구로서 남자.'

여전히 아쉬움이 진하게 남는 것도 사실이었다.

이제 마음을 제법 정리했다고 생각했건만 막상 차준후와 같은 공간에 있으니 심장이 미친 듯이 두근거렸다. 당장이라도 저 단단한 가슴에 얼굴을 묻고 싶었다.

"무슨 생각을 그렇게 해?"

"잘생긴 준후가 너무 잘나가서 부담스럽다는 생각?"
약간의 진심이 담긴 이야기였다.
조금만 못났어도 적극적으로 대시해서 내 남자로 만들 텐데.
남자가 너무 잘나도 문제였다.
"네 말대로 내가 잘나가기는 하지."
농담하듯 말하긴 했으나, 차준후도 어느 정도는 서은영의 마음을 알고 있었다.
그녀는 숨기려고 노력하는 듯했지만, 그녀의 눈빛과 말에는 너무 많은 감정이 녹아들어 있었다.
당장이라도 손만 내밀면 그녀와 깊은 관계로 이어질 수도 있을 것이다.
그러나 그녀의 마음을 모른 척했다. 차준후는 서은영에게 친구 이상의 감정은 없었다.
차준후의 농담에 서은영은 피식 웃음을 흘렸다.
"그 잘난 걸 배우려고 노력 중이기도 하고."
남자 차준후를 향한 연정은 내려놓았지만, 사업가 차준후에 대한 존경심은 그대로였다. 그녀는 차준후를 본받아 그 못지않은 사업가로 명성을 떨치기 위해 노력 중이었다.
"기획조정실 실장에 올랐다면서? 축하해."
"네 도움이 컸어."

"그것도 그거지만 네가 능력이 있는 거지."

신화백화점 기획조정실은 백화점 전반의 일을 총괄 지휘하는 곳으로, 백화점 경영을 배우는 데 있어 가장 중요한 부서였다.

서은영은 기획조정실 실장으로 백화점의 경영 상태를 점검하고, 전반적인 백화점 부분을 들여다볼 수 있는 위치에 올라섰다.

이 때문에 후계자로 올라선 그녀의 큰오빠와 불편한 관계가 되고 말았다. 그럼에도 불구하고 그녀는 기획조정실 실장의 자리에서 제 몫을 톡톡히 해냈다.

그녀가 기획조정실 실장 자리에 올라서고 난 뒤로 신화백화점의 매출이 성장했고, 신화백화점을 찾는 국내 고객과 해외 고객들이 늘어났다.

"고마워."

"무슨 일이야?"

"상의하고 싶은 일이 있어서 찾아왔어."

"편하게 말해 봐."

"백화점에서 기획조정실 실장으로 일하면서 많은 걸 보고 배웠어."

서은영은 기획조정실장이 된 후로 미친 듯이 일에 매진했다.

처음에는 차준후를 포기하는 것이 숨조차 쉴 수 없을

만큼 힘들었기에 억지로라도 머릿속에서 그를 지워 내기 위해서였다.

그리고 그렇게 일에만 열중하다 보니 성과가 나왔고, 신화백화점의 매출은 지금도 가파르게 성장 중이었다.

덕분에 일이 더욱 늘어나 바빠졌고, 이제는 슬퍼할 여유도 없어졌을 정도였다.

"백화점에는 내 자리가 없어. 백화점에서 계속 근무하려면 큰오빠와 경쟁을 해야만 해. 그런데 큰오빠와 후계자 싸움을 하면서까지 백화점에서 일하고 싶지는 않아."

그녀가 자신의 처지를 설명했다.

신화백화점 사장 서해준이 일찌감치 서은영의 큰오빠를 후계자로 삼았으나, 서은영이 너무 독보적인 성과를 내고 있는 탓에 회사 내에서 그녀의 큰오빠에 대한 좋지 못한 이야기가 새어 나오고 있었다.

서은영의 큰오빠는 장남이기에 후계자로 선택되었을 뿐, 사실 능력만으로는 신화백화점의 총수가 되기에 부족함이 많았다. 그리고 실제로 그동안 별다른 성과를 보여 주지 못하기도 했다.

반면 서은영은 짧은 시간 사이에 백화점 매출을 폭발적으로 끌어올리는 성과를 내자, 그녀가 서해준의 뒤를 잇기를 바라는 임직원들이 점차 생겨나기 시작했다.

정작 당사자는 생각도 없는데 후계자 다툼이 벌어지게

생겼다.

"난 백화점보다는 부동산 개발에 큰 관심을 가지고 있어."

서은영은 큰오빠와 신화백화점을 두고 싸우는 걸 원하지 않았다. 지금 시대에는 할 수 있는 사업들이 많다는 걸 차준후 덕분에 잘 알고 있었기 때문이었다.

"부동산 개발이라? 방향을 잘 잡았네."

차준후는 서은영이 제대로 방향을 잡았다고 여겼다.

"선생님이 좋은 분이라서. 아빠도 일찌감치 적잖은 유산을 떼어 준다고 했어."

서은영이 부동산에 관심을 갖게 된 건 차준후의 영향이 컸다.

그녀는 평소 차준후가 하는 이야기를 귀담아들었고, 강남뿐만 아니라 전국에 발전할 지역들이 많다는 걸 알게 되었다.

"지금 부동산 개발에 뛰어들면 좋지. 특히 강남에 투자하면 많은 돈을 벌 수 있을 거야."

"부동산 개발을 하면서 금융 쪽으로 사업을 전개해 나가고 싶어."

"좋은 생각이야. 너라면 잘할 수 있을 거야. 내가 도움을 줄 수 있는 부분이 있으면 도울 테니까 잘해 봐."

"챙겨줘서 고마워. 네가 있어서 신화백화점이 잘 성장

할 수 있었어. 그리고 내 앞길도 새롭게 만들어졌고."

차준후와 만나고 난 뒤로 시간을 알차게 보냈다.

그리고 그만큼 많이 배웠다. 차준후와 만나지 않았다면 그냥 시집가서 주부로만 삶을 보냈겠지.

그러나 이제는 사업을 제대로 해 보고 싶은 마음이 컸다.

"친구잖아. 친구니까 챙기는 게 당연하지."

"……그래. 친구지."

서은영은 친구라는 단어를 곱씹었다.

그녀는 차준후가 어째서 구태여 친구라는 표현을 강조했는지 어렵지 않게 알아차렸다. 열심히 억눌렀다고 생각했건만 다 알고 있었던 것이다.

그리고 차준후는 그녀와의 관계를 분명하게 선을 긋고 있었다.

이제 차준후와의 관계가 명확하게 정립됐다.

'아직도 내 마음속에는 여전히 준후를 향한 감정이 남아 있었구나.'

사람을 좋아한다는 감정은 결심한다고 쉽게 끊을 수 있는 것이 결코 아니었다.

일찌감치 정리했다고 생각했는데, 그것이 아니었다.

그녀의 눈가가 붉어졌다.

"이만 가 볼게."

서은영의 목소리가 떨렸다.

저 매정한 남자 때문에 눈물이 나올 것만 같았다.

그러나 좋아했던 차준후에게 눈물을 보이고 싶지 않았다. 아프고 슬퍼하는 모습을 보이기란 죽기보다 싫었다.

구겨진 자존심이었다.

그러나 그것이라도 지키고 싶었다.

"배웅은 하지 않을게."

차준후는 자리에서 일어나지 않았다.

울려고 하는 서은영의 표정이 그의 마음 또한 울적하게 만들었다.

"……."

서은영이 말없이 일어났다. 그리고 하이힐 소리를 또각또각 내면서 밖으로 나갔다.

주르륵! 주르륵!

참으려고 했지만 그녀의 볼을 타고 눈물이 흘러내렸다.

그래도 차준후에게 보이지 않아서 다행이었다.

차준후에게 언제까지나 당당한 여성이고 싶었다.

그렇기에 머리끝부터 발끝까지 아주 예쁘고 화려하게 차려입고 오늘 나온 것이었다.

툭! 툭!

바닥에 눈물방울이 떨어졌다.

울면서도 무너지지 않고 걸어가는 그녀의 걸음이 무척

이나 도도해 보였다.

 문을 나서기 전 그녀가 소매로 눈물을 닦았다.

 이 밖에는 비서실이 있었고, 자신의 눈물을 비서실장인 실비아 디온에게 절대 보여 주고 싶지 않았다.

 탁!

 문이 닫혔다.

 그녀가 하이힐을 또각또각 내디디면서 비서실을 지나쳐 갔다.

 대표실에 홀로 남은 차준후의 안색이 무거웠다.

 "하아! 오늘따라 커피가 무척이나 쓰네."

 평소 입에 쫙쫙 달라붙던 아이스 아메리카노가 입안에서 겉돌았다. 마음이 불편하니 최고급 원두로 우려낸 아이스 아메리카노도 입맛에 맞지 않았다.

 대표실 바닥에 점점이 흩뿌려져 있는 물기가 그의 마음을 불편하게 만들었다.

 "나쁜 남자가 되어 버렸네. 내가 조금만 더 감정이 풍부했다면 좋았을 텐데……."

 차준후는 아직까지 사랑을 하고 싶은 마음이 없었다.

 사막처럼 메말라 버렸기에.

 그의 사랑에 대한 감정은 21세기에 머물러 있었다.

 고아로 태어나서 감정이 메마르지만 않았더라면 서은영의 사랑을 받아들였을지도 몰랐다.

하지만 애석하게도 그의 감정은 눈물 흘리는 서은영을 보고서도 변하지 않았다.

서은영과는 그저 친구로만 지내고 싶었다.

"답답하네."

차준후는 이 불편한 감정이 빠르게 사라지기를 원했지만 여전히 숨이 목에 탁 걸린 느낌이었다.

- 대표님, 경부고속도로 건설에 대해서 협의하고 싶은 부분이 있다는 연락이 왔습니다.

인터폰으로 실비아 디온의 음성이 들려왔다.

도처에서 차준후를 찾는 전화들이 많았다.

차준후의 의견을 구해야 하는 일들이 상당히 많았고, 그런 전화를 차준후도 받아들여 줬다. 그의 의견이 사업 방향을 결정하고 있었기 때문에 도움 요청을 외면할 수만도 없었다.

"다음에 연락한다고 전해 주세요. 지금은 어디와도 연락을 하고 싶지 않습니다. 혼자 있고 싶습니다."

차준후는 아직도 서은영의 슬퍼하던 얼굴이 뇌리에서 떠나지 않았다.

일이 손에 잡히지 않았다.

- 알겠어요, 대표님. 지금부터 모든 외부와의 연락을 차단할게요.

실비아 디온은 곧바로 반응했다.

이후로도 차준후를 찾는 전화는 많았지만 연결되는 통화는 없었다.

심란한 하루였다.

그리고 차준후가 회귀하고 난 뒤로 처음으로 점심을 먹지 않은 날이기도 했다.

* * *

다음 날, 차준후는 강남 개발 지역에서 서은영과 만났다. 부동산에 관심이 있다는 서은영에게 추천을 해 주기 위해 서은영을 불러낸 것이었다.

그런데 전날과 달리, 서은영은 한껏 꾸민 모습이었으나 얼굴이 다소 퀭했다.

어제 하루 거의 먹지도 못했고, 잠도 설쳤다. 이불을 뒤집어쓰고 펑펑 울기도 했다. 그래서 눈이 살짝 부어 있는 상태였다.

오늘 차준후와 만날 줄 알았더라면 눈물을 질질 짜지 않았을 텐데 하는 아쉬움이 넘쳤다.

그녀는 어떻게든 화장으로 부은 눈을 가리고자 애썼다.

'많이 울었네.'

차준후는 화장품에 한해서는 세계 최고 수준의 전문가였다. 쓱 한 번 보는 것만으로도 서은영의 상태를 훤히

눈물 〈141〉

꿰뚫었다.

그러나 그걸 지적하지도, 어설픈 위로의 말도 건네지도 않았다. 그게 오히려 서은영의 마음을 더 들쑤실 뿐이라는 걸 알기 때문이었다.

차준후는 감정을 내색하지 않은 채 담담하게 말을 꺼냈다.

"여기는 강남에서도 요충지가 될 거야."

"정말?"

서은영이 관심을 드러냈다.

"여기 허허벌판에 강북으로 이어지는 강남대로가 만들어질 거야."

차준후는 이미 강남 개발의 청사진을 본 상태였다.

그리고 그 청사진이 만들어지기까지 많은 의견을 내놓기도 했다. 지금 서은영과 함께하고 있는 장소는 앞으로 강남에서 중요 상권을 형성하는 곳이었다.

"강남대로?"

서은영이 눈빛을 반짝거렸다.

퉁퉁 부어 있는 눈에서 호기심이 잔뜩 드러났다.

강남 개발 계획은 비밀스러운 부분이 많았고, 도로가 만들어질 장소는 특히 더 비밀스러웠다. 강남 개발 계획이 어느 한 가지라도 밖으로 누출되면 큰 불협화음이 일어날 것이 명확했기 때문이다.

지금만 해도 강남 일대의 부동산이 들썩거렸다.

많은 사람들이 강남 개발 계획을 미리 접하려고 노력하고 있었고, 뇌물을 주면서까지 관계자들에게 접촉해서 정보를 빼내려고 했다.

그런데 서은영은 친구를 잘 사귄 덕분에 너무나도 편하게 강남 개발에서도 핵심이라 할 수 있는 강남대로에 대한 정보를 접할 수 있게 됐다.

"우선은 왕복 4차선으로 만들고, 시간을 두고서 8차선으로 만들 예정이야."

"왕복 8차선이라고? 정말 어마어마하다."

"서울에서 가장 번화한 장소로 탈바꿈되는 곳이야. 왕복 8차선만으로도 부족하지."

"네가 바라보는 미래는 정말 대단하구나."

서은영은 차준후를 철석같이 믿었다.

그렇지만 믿는다고 해도 차준후가 바라보는 강남의 미래상이 어떤지는 도저히 가늠이 되지를 않았다.

이게 문제였다. 일반인들은 차준후의 높은 이상을 이해하기 어려웠다.

서은영은 믿고 있었기에 차준후가 바라보는 미래상을 그저 어렴풋이나마 마음속으로 그릴 뿐이었다.

"하늘을 찌를 듯한 고층빌딩들이 강남대로를 따라 쭉 늘어서 있다고 생각해 봐."

차준후는 서은영에게 뛰어난 사업가의 자질이 있다는 걸 알았다.

화장품을 밀어줬다고는 하지만 하락하기만 하던 신화백화점을 부활시킨 건 서은영의 자질 덕분이었다. 외부적인 환경 변화와 함께 스스로 변화를 줘서 좋은 방향으로 이끈 것이었다.

"그런 날이 오면 여기 부동산값이 하늘 높이 치솟겠다. 강남 부동산을 가지고만 있어도 부자 소리를 듣는 시대가 오는 거잖아."

"강남에 빌딩을 가지고 있으면 어디 가서 주눅이 들진 않을 거야."

강남의 빌딩 한 채 가격은 어지간한 부자들도 감당할 수 없는 시대가 도래한다. 중소기업보다 강남빌딩 한 채가 더욱 대우를 받는다.

"그럼 강남에 빌딩을 여러 채 올려야겠다."

서은영은 아빠로부터 받은 자금을 강남에 모두 투자하기로 결심했다.

실연당했던 여인의 통 큰 투자였다.

"여러 채?"

"은행에서 대출받아서 진행해 보려고."

그녀는 이번 기회에 승부를 보려고 했다.

보통 사람은 이렇게 못한다.

강남 개발 소식이 알려지며 강남에 투자하려는 사람들은 늘어났지만, 빌딩 여러 채를 올린다는 건 그야말로 인생을 담보로 건 투자나 다름없었다.

아직 명확하게 강남 개발 계획에 대해 드러난 바가 없는데 이렇게까지 투자한다는 건 어지간한 배짱을 가지고는 쉽지 않은 결정이었다.

"무리하는 거 아니야?"

"솔직히 조금 무리이기는 해. 그렇지만 이런 기회가 자주 찾아오는 게 아니잖아."

서은영은 기회는 잡아야 한다는 걸 절실히 깨달았다.

놓쳐 버린 기회는 다시는 되돌아오지 않는다. 우려되는 부분이 있다고 해서 과감하게 도전하지 않으면 기회는 사라지고 만다.

눈앞의 차준후처럼 말이다.

될 것 같다 싶으면 깨지더라도 도전을 해 봐야 한다.

그녀는 실연을 통해 적극적이면서 능동적으로 움직여야 한다는 걸 배웠다.

"나쁘지 않은 선택이네."

서은영처럼 지나치게 과감한 투자를 했다가 크게 실패하며 패가망신한 이들이 한둘이 아니지만, 이번 강남 개발 투자만큼 그럴 일이 없다는 걸 알기에 차준후는 담담하게 고개를 끄덕였다.

강남 개발은 성공할 것이 확실한 사업이었다.

아니, 정확히는 원 역사보다 더 크게 성공할 것이었다.

왜?

스카이 포레스트가 대대적으로 투자를 하고 있었으니까. 원 역사에서 벌어졌던 부작용을 최소화하기 위해 움직이고 있었다.

"강남대로는 어디까지 이어지는 거야?"

서은영은 보다 자세한 설명을 원했다.

차준후의 의견을 듣기도 하지만, 자신이 직접 챙길 수 있는 부분이 있는지 알아야만 했다. 무작정 따라가는 것이 아니라 스스로의 목소리를 내려고 했다.

수준을 끌어올려야만 차준후와 함께 나란히 설 수 있었다.

"여기서 여기까지야. 여기는 도로가 교차하는 사거리니까 이왕이면 이쪽 부동산을 구매해 봐."

차준후가 지도에 선을 죽 그으면서 말했다.

아직 도로 개발은 어떤 식으로 진행할지에 대해서 많은 논의가 이루어지고 있는 중이었기에 확정된 바가 없었음에도 차준후는 자신 있게 이야기했다.

논의 과정에 차준후의 입김이 강하게 작용되기도 할 뿐만 아니라, 미래를 알고 있기에 결국 자신의 손가락을 따라서 강남의 교차로들이 완성될 것임을 자신하는 것이었다.

"알았어. 그런데 너도 강남에 부동산을 가지고 있어? 나에게만 좋은 부동산을 소개시켜 주는 거 아니야?"

"아버지가 물려주신 땅들이 있어."

차준후는 부동산 재벌이었다.

아버지가 남겨 준 땅 가운데에는 강남 부동산들도 상당히 많았다. 선견지명이 있는 아버지였다. 강남 개발을 일찌감치 예견하고, 강남 부동산들을 저렴할 때 잔뜩 구매해 둔 것이다.

강남의 과수원을 비롯한 엄청난 땅이 차준후의 명의였다. 강남 개발은 차준후에게 엄청난 부의 증식을 의미하기도 했다.

"아! 그랬지. 미안!"

서은영은 차준후에게 돌아가신 아버지 차운성을 떠올리게 했다는 사실이 미안했다.

"괜찮아. 아버지의 은덕인데 고마워해야 할 일이지."

차준후는 생물학적으로 이어진 차운성에 대해 고마워하고 있었다.

언제 시간을 내서 선산을 방문하고, 부모님의 위패가 모셔진 절에 가 볼 생각이었다. 정신없이 달려오느라 크게 신경을 쓰지 못했는데, 부모님을 지금보다 자주 접하려고 했다.

그것이 '차준후'에 대한 예의라고 봤다.

그렇게 해야 마음이 편하기도 했고.

"이번에 강남땅을 매입하는 대로 백화점 일은 그만두겠다고 이야기해야겠어."

서은영의 큰오빠는 그녀가 자신의 후계자 자리를 빼앗으려 하는 것이라 생각하며 대놓고 미워하고 있었다. 그 탓에 지금 집안은 폭풍전야였다.

그런데 부모님은 그저 신화백화점을 위해 열심히 일했을 뿐인 서은영을 질책하며 큰오빠를 잘 도와야 한다고 다그쳤다.

어이없는 일이었다.

열심히 백화점을 성장시켜도 알아봐 주기는커녕 도리어 질책하는데 계속 노력할 이유가 없었다. 끊을 건 끊어 버리고 새출발을 해야만 했다.

이런 결단력을 차준후를 통해서 배웠다.

결심을 내린 서은영은 무척이나 홀가분한 표정이었다.

홀가분한 표정의 그녀였다.

"신화백화점이 걱정되네."

"어쩔 수 없지. 내가 계속 관여할수록 큰오빠와 사이가 나빠지고 있거든. 그리고 아빠도 내가 큰오빠와 싸우기를 원하지 않고 있기도 하고."

서해준은 남매가 사이좋게 지내기를 원했다. 아니, 정

확히는 서은영이 큰오빠에게 고개를 숙인 채 곁에서 큰오빠를 돕기를 바랐다.

이 시대에 아들과 딸에 대한 차별은 분명히 존재했다.

그렇기에 서은영의 큰오빠는 능력도 야망도 없음에도 장자라는 이유 하나만으로 백화점의 후계자가 되고, 서은영은 뛰어난 능력을 증명하여 신화백화점을 성장시켰음에도 재산 일부만 물려받은 것이었다.

물론 재산 일부라고는 하지만 그 또한 서민들의 입장에서 보자면 엄청난 규모고, 아버지로서 막내딸을 사랑한다는 건 느낄 수 있었다.

그러나 결국은 이유 불문하고 딸보다는 아들이 우선이었다.

'여자로 태어났다고 해서 무조건 손해를 봐야 한다고? 뭔 놈의 말도 안 되는 소리야.'

차준후는 씁쓸해하고 있는 서은영을 보면서 기분이 언짢았다.

"신화백화점보다 더욱 큰 기업을 만들어. 너라면 할 수 있을 거야."

그렇게 진심으로 믿었고, 또 그렇게 되기를 간절히 바랐다.

"열심히 해 볼게. 네가 많이 도와줘."

서은영은 현실에 굴복하고 싶지 않았다.

포기는 한 번이면 족했다.

이제는 신화백화점보다 더욱 큰 기업을 만들 야심이 있었다. 그리고 그걸 가능하게 해 줄 든든한 조력자가 바로 차준후였다.

무리한 요구일 수도 있었다. 지금만 해도 엄청나게 도움을 받는 것이었으니까.

더 많은 도움을 바라는 건 욕심일 수도 있는 것이다.

"기꺼이."

차준후는 서은영을 돕기로 했다.

어차피 대규모 토목 사업을 벌이고 있었고, 부동산 회사 하나 참여시키는 건 어려운 일이 아니었다.

그리고 단순히 친분 때문에 돕는 것도 아니었다.

서은영은 능력이 넘쳤다. 그동안 가까이 지내면서 그 사실을 익히 알고 있는 차준후였다.

일방적으로 도움을 주는 것이 아닌, 그 또한 도움을 받을 일이 분명 있을 것이라 생각되었기에 손을 내미는 것이었다.

제7장.
대현조선소

대현조선소

 학연, 지연, 혈연이 판을 치는 이 시대에서 비단 부당한 차별을 당하는 건 성별에 국한된 일이 아니었다.
 아무리 뛰어난 능력을 지니고 있어도 제대로 평가받지 못하는 경우는 굉장히 많았다.
 차준후는 나이, 성별, 국적 등 능력과 상관없는 요소에 기인하지 않고 오로지 능력만으로 평가받는 사회가 되어야 한다고 생각했다.
 또한 무작정 사회를 비난하고, 사회적 한계라며 그냥 포기하는 이들도 바뀌어야 한다고 여겼다.
 어느 한쪽만 바꿔서는 세상은 변화하지 않는다는 게 차준후의 생각이었다.
 능력이 있으면 성공하는 사회.

그것이 차준후가 바라는 대한민국의 모습이었다.

가진 것이 별로 없는 대한민국에서는 인적 자원을 더 소중하고 귀하게 여겨야만 했다.

'앞으로 해야 할 일이 많네. 일단 SF 학교의 교육 방식부터 잘 다듬어야겠어.'

차준후는 대한민국의 고리타분하면서 잘못된 가치관을 차근차근 개선시켜 나갈 작정이었다. 전국에 세워지고 있는 SF 학교는 그 시작점이 될 수 있었다.

'에휴'

속으로 한숨이 절로 나왔다.

뭐가 이리 개선하고 손봐야 하는 부분이 많은 것인지.

차준후는 직접 움직여야 하는 일들 때문에 머리가 조금 아파 왔다. 그렇지만 가만히 내버려둘 수도 없는 노릇이었다.

이런 사회 가치관을 바꿔 나간다는 건 개인의 힘만으로는 쉽지 않은 일이었으며, 설령 차준후라 할지라도 수년, 수십 년이 걸리지도 몰랐다.

'천천히 하나씩 개선시켜 나가자. 아직 시간이 많잖아.'

처마에서 떨어지는 빗물이 돌을 꿰뚫는 법이었다.

시간을 두고서 조금씩 바꿔 나가야 하는 일들이 적잖았다.

지나치게 급진적인 변화는 독으로 작용할 수도 있었다.

물론 그사이에 재능 있는 이들이 이런 사회 기조 때문에 피해를 보는 이들이 없게끔 스카이 포레스트에서 품을 생각이었다.

SF 학교와 SF 복지재단을 그를 위해 설립한 것이기도 했다.

"친구! 고마워."

"친구잖아."

서은영이 웃었다.

어제는 친구라는 표현이 마음 아팠는데, 이번에는 아니었다.

상쾌했다.

친구로서 지낼 수 있다는 것만으로도 만족하니까 좋았다. 저 잘난 차준후가 내 남자가 아니라는 사실이 여전히 가슴을 콕콕 찔렀지만 눈물을 흘릴 정도는 아니었다.

그녀는 하루 만에 성장해 있었다.

뭔가 강렬한 전투를 한 느낌이었다.

"점심 먹었어?"

"아니."

차준후가 어제 있었던 비화를 밝히지 않았다.

너 때문에 내가 회귀하고 난 뒤로 처음으로 점심을 굶어 봤다.

비서실에서는 이로 인해 한바탕 난리가 벌어지기도 했

다. 차준후가 얼마나 식사에 진심인지를 알고 있기 때문이었다.

실비아 디온이 식사 거르는 차준후를 걱정했다.

"여기 근처에 돼지두루치기를 아주 잘하는 식당이 있다고 해서 예약해 뒀어. 두부를 사서 쓰지 않고 직접 수제로 만드는 곳이야."

"이야기만 들어도 침이 넘어가네."

"가자! 내가 살게."

우울했던 서은영은 이제 없었다. 활기찬 모습으로 앞장서서 걸어가는 모습이 보기 좋았다.

'울지 말고 웃으면서 살아가. 그게 네게 어울리니까.'

뒤따라가는 차준후가 미소를 짓고 있었다.

앞으로도 그녀가 아파하지 않도록 친구로서 세심하게 신경을 쓸 작정이었다.

* * *

대현건설개발은 근래 들어 눈코 뜰 새 없이 바빴다.

경부고속도로, 대현조선소 건설, 강남 개발 등 대규모 토목 사업을 연달아서 수주하면서 덩치가 더욱 커졌다. 해외에서 불도저와 로더 등의 첨단 중장비를 도입했고, 건설 인부들을 대거 고용했다.

기존에 대현건설개발이 도로 공사에 사용하던 중장비는 무척이나 노후된 구식 장비였다. 불도저는 삽날을 케이블에 매달아서 잡아끄는 방식이었다.

 그동안 그런 장비를 써 왔던 대현건설개발의 직원들은 미국에서 들여온 유압식의 최신식 불도저와 로더 등을 보며 감탄을 토했다.

 "이야! 이건 겁나게 신기하다."

 "이것이 바로 유압식이라는 거다. 요건 실린더라는 거고 말이다."

 "아는 척하지 마라. 나도 이 장비 설명해 주기 위해 방한한 기술자에게 들었으니까."

 "고장이 날 경우 부품 공급을 할 수 있게 잘 배워 둬. 현장에서 고장 나면 큰일이라고."

 "잘 배우고 있다. 너나 잘해라."

 대현건설개발의 직원들은 최신식 장비와 기술들을 제휴하기 위해 한국까지 직접 찾아와 준 미국의 기술자들에게 불도저와 로더 등의 사용법을 배웠다.

 그리고 하나하나 배울 때마다 그들은 마치 신세계를 보는 듯했다.

 "힘이 장난이 아니구나."

 "삽날을 질질 끌지 않고 앞에서 직접 밀고 가니까 효율이 끝내준다. 이래서 현장에서 불도저, 불도저 하는 거였어."

그리고 대현건설개발을 비롯한 국내의 건설사들은 해외 수주 경험이 없는 탓에 국제 규격의 시방서대로 공사를 해 본 경험이 없었다.

경부고속도로 공사에 참여해 본 덕분에 국내 건설사들은 처음으로 국제 규격의 시방서에 대해서도 배울 수 있게 되었다.

"도로의 층을 다지는 데 문제는 없나?"

현장 시찰을 나온 정영주가 현장을 천천히 살피며 물었다. 최근 정영주는 고속도로 공사 현장에서 살다시피 했다.

도로 공사의 기본이라 할 수 있는 층 다짐조차 기술이 부족했던 대현건설개발이었기에 정영주는 이번 기회에 최대한 많은 것을 배우고자 했고, 그에 이번 공사만큼은 현장을 자주 드나들게 된 것이었다.

"특별한 문제는 없습니다."

"없는데 왜 이리 작업 속도가 느린 거야?"

정영주가 작업소장에게 목소리를 높였다.

평소 공기보다 건설을 빨리하는 걸로 정평이 난 대현건설개발이었다. 그런 대현건설개발의 능력을 바로 옆에 있는 차준후에게 제대로 보여 주지 못하고 있다는 생각에 정영주는 면목이 없었다.

정영주와 동행하고 있던 차준후는 그 모습을 보며 쓴웃

음을 흘렸다.

정영주가 함께 현장에 나가 보자고 해서 나온 것인데, 계속 자신의 눈치를 보고 있으니 어째서 함께 오자고 한 것인지 알 수가 없었다.

"안전을 우선시해서 그렇습니다. 그리고 또 한 가지 이유가 있는데…… 사실 최근에 눈이 많이 내려서 야적장에 쌓아 놓은 모래와 자갈이 많이 젖었습니다."

작업소장이 나름의 변명을 내놓았다.

"그대로 섞을 경우엔 함수량이 맞지 않아 아스콘이 제대로 만들어지지 않습니다. 그래서 지금 젖은 모래와 자갈을 건조기에 말리는 중에 있습니다."

"으음……."

작업소장의 이야기를 들은 정영주는 어쩔 수 없던 상황임을 이해했다.

하지만 한편으로는 계속해서 늦어지는 작업 속도에 대한 아쉬움을 버리지 못했다.

이번 경부고속도로 공사에서 대현건설개발이 책임져야 하는 40%에 달했다. 다른 건설사들보다 훨씬 많은 구간 공사를 맡고 있는 탓에 공기 내에 끝마치기 위해서는 작업 속도를 지금보다 더 올릴 필요가 있었다.

물론 그렇다고 안 되는 걸 되게끔 만들 수도 없었다. 이내 정영주는 아쉬움 마음을 뒤로한 채 말했다.

"후. 어쩔 수 없는 노릇이지. 그리고 앞으로는 모래와 자갈에 천막을 씌워 놓으면서 사용하라고."

"회장님의 말씀대로 조치하겠습니다."

그때 지금껏 말없이 두 사람의 대화를 듣고만 있었던 차준후가 입을 열었다.

"건조기를 사용해서 말릴 수 있는 모래와 자갈의 양은 무척이나 한정적이지 않습니까?"

"그렇지만 어쩔 수 없습니다, 대표님."

그렇다고 젖은 모래와 자갈을 사용해서 아스콘을 만들 수도 없었다. 그랬다가는 오히려 나중에 더 큰 문제가 벌어질 수 있었다.

"차준후 대표에게 좋은 의견이 있는 모양이잖아. 들어 봐."

"네."

마지못해 현장소장이 고개를 끄덕이자, 차준후가 미소를 머금은 채 말을 이어 나갔다.

"곳곳에 불을 피우고 있네요."

차준후의 말처럼 공사 현장 곳곳에는 작업자들이 추위를 피할 수 있도록 모닥불을 피우고 있었다.

"작업자들의 손발을 녹여 주는 불입니다."

"자갈과 모래를 건조기에 넣어 말리지 말고, 저 불을 이용해 말리는 건 어떻겠습니까? 그러면 더 빠른 속도로 많은 양을 말릴 수 있을 거 같은데요."

차준후가 현장에서 사용할 수 있는 노하우를 밝혔다.

이는 원래 정영주가 태국 고속도로 사업에서 사용한 임기응변이었다.

비가 많이 내리는 태국에서 대현건설개발은 많은 고생을 해야만 했다. 정영주의 임기응변을 차준후가 경부고속도로에 사용하라고 넌지시 제시한 것이었다.

"아! 정말 탁월하신 생각입니다."

"역시 차준후 대표답소."

현장소장과 정영주가 탄성을 터트렸다.

차준후의 이야기를 따르니 건조기를 이용할 때보다 아스콘 생산 속도가 최고 3배까지 높아졌다.

"열심히 배우라고. 이건 돈 주고도 배우기 어려운 국제적인 기술이야. 잘 배워 두면 대현건설개발이 해외로 진출할 수 있는 발판이 된다는 말이지."

정영주는 경부고속도로 건설을 통해 대현건설개발이 국제적으로 진출하는 계기가 된다고 봤다. 그렇기에 튼튼하게 기초를 닦아야만 했다.

경부고속도로 시공 경험은 가치를 따지기 힘든 밑거름이 되기에 충분했다.

해외 건설 시장 진출!

이 얼마나 가슴 떨리는 이야기란 말인가.

"최선을 다하겠습니다, 회장님."

"잘해 봐. 나는 차준후 대표와 함께 대현조선소를 보러 갈 테니까."

"고생하십시오, 회장님. 차준후 대표님."

정영주가 곧바로 움직였다.

요즘 몸이 열 개라도 부족했다.

직접 현장에서 챙기고, 지시를 내려야 하는 부분이 많았다. 체력이 강한 그도 버티기 힘들 정도로 강행군을 달리고 있었다.

그러나 몸은 조금 피곤했지만 기분은 날아갈 것만 같았다.

대현그룹이 쑥쑥 성장하고 있었고, 평생의 라이벌로 여기고 있는 성삼그룹을 바짝 추격하였고, 이제는 넘어선 것도 같았다.

"흐흐흐흐!"

얼굴을 잔뜩 구기고 있는 이철병을 떠올리기만 해도 웃음이 절로 나왔다.

정영주에게 있어 차준후는 귀한 존재였다. 그런 귀한 차준후와 조금이라도 더 많은 시간을 보내고 싶었다.

"함께 내 차를 타고 이동합시다."

"각자 이동하죠."

차준후는 편안하게 이동하고 싶었다.

치근덕거리는 정영주와 함께 이동한다는 건 여러모로 불편한 일이었다. 차 안에서 시달릴 생각만 해도 끔찍했다.

"에잉!"

정영주는 자신의 지프 차량을 타고 대현조선소로 향해야만 했다.

차준후는 포드차의 뒷좌석에서 편안한 자세로 대현조선소에 대한 보고서를 읽었다. 대현그룹에서 전해 준 보고서였다.

기계, 건축, 토목 등의 분야에서 유능한 대현그룹의 기술자들이 덴마크 오덴세 조선소에서 기술 훈련을 받고 있었다.

"일찍 귀국한 사람들도 있구나."

그들 가운데 일부는 한국으로 귀국해서 대현조선소를 짓는 데 힘을 보태고 있었다.

"레이아웃이 생각보다 빨리 나왔네."

빨리빨리를 선호하는 차준후가 볼 때도 이건 이례적일 정도로 빨랐다.

거제도에서 울산으로 조선소 부지가 변경되면서 레이아웃이 바뀌는 불상사가 벌어지기도 했지만 바이든이 밤을 낮 삼아 일하면서 결국 빠른 결과물을 내놓았다.

레이아웃을 완성시킨 바이든은 그날로 장기 휴가를 신

청했다.

 정말 지긋지긋할 정도로 고생한 것이었다. 원래 이런 식으로 일하지 않는 유럽 특유의 감성을 가지고 있는 바이든이었지만 차준후의 요청으로 인해 어쩔 수가 없었다.

 오덴세 조선소와 덴마크 정부는 차준후의 LNG 사업에 적극적으로 뛰어들고 있었다. 그 때문에 하루라도 빨리 대현조선소가 세워질 수 있도록 힘을 보탰다.

 대현조선소에는 스카이 포레스트의 지분도 포함되어 있었기에 잘 보이려고 노력했다.

 특히 차준후에게 미인계를 썼다가 유력한 스카이 포레스트 유럽 지사를 빼앗긴 덴마크 정부는 전전긍긍하고 있었다. 혹시라도 다른 스카이 포레스트 사업에서도 불이익을 당할 수 있었기 때문이었다.

 레이아웃이 엄청나게 빨리 나온 주된 이유였다.

 차준후가 보고서를 읽는 동안 차량이 대현조선소 건설 부지로 향해 가고 있었다.

 "대현그룹이 고생을 많이 하고 있네."

 조선소 건설은 순조롭지만은 않았다.

 먹고살기도 힘든 판국에 조선소 건설을 호의적으로 보지 않는 관계 부처들이 상당했다. 조선소 진입로 도로 건설에 예산이 책정되어야 하는데 지지부진했다.

 또한 도시계획위원회에서도 사업 타당성을 따져 봐야

한다며 제동을 건 탓에 공업용수의 확보도 어려워졌다.

- 조선소가 성공하면 내 손에 장을 지진다.
- 먹고살기도 힘들어. 무슨 놈의 배를 만든다고 난리인지 모르겠다.
- 조선소만 있으면 뭐해? 배를 사 줄 선주사가 있어야지. 너 같으면 먹고살기도 힘든 가난한 국가의 조선소에서 배를 살 것 같아? 어림도 없는 일이야.
- 쫄딱 망할 일만 남은 거다.
- 대현조선소가 성공할 것 같아? 내가 보기에는 아주 어려워.

사실 이들의 의견이 틀렸다고만 매도하기도 어려웠다.
만성적인 인플레이션에 시달리고 있는 대한민국에 조선소는 어울리지 않았다.
세계 조선 경기가 내리막길을 걸을 거라는 부정적인 전망도 대현조선소를 향한 비난에 한몫했다.
그러나 정영주는 확실한 신념을 가지고 있었고, 또 차준후를 믿고서 뚝심으로 밀어붙였다. 주변에서 뭐라고 한다고 해도 이미 결심한 사업을 뒤돌아보지 않았다.
차준후가 탄 포드 차량이 경호원들 차량과 함께 대현조선소로 들어섰다.

먼저 도착한 지프 차량에서 내린 정영주가 차준후를 기다리고 있었다.

"어서 오시오. 여기가 바로 대현그룹의 새로운 심장이 될 대현조선소라오."

허허벌판이었던 곳은 상당히 바뀌어 있었다.

대현조선소 부지 위로 중장비들이 돌아다니고 있었고, 많은 근로자들이 구슬땀을 흘리는 모습이 보였다.

거대한 건설 프로젝트 현장이었다.

앞으로 대한민국의 조선업 사업을 책임지고 이끌어 갈 장소이기도 했다.

"현장이 아주 활발하게 돌아가는군요."

차준후가 예전에 봤던 허허벌판은 이제 사라진 상태였다.

한쪽에서는 조선소의 핵심이 될 독을 파고 있었다.

오덴세 조선소에서 파견 나온 기술자들이 자문을 해 주고 있었고, 덴마크에서 수입해 온 장비들이 엄청난 능력을 발휘했다.

"빨리 조선소를 지으라고 했소이다. 대현조선소에서 만든 배를 하루라도 먼저 진수하기 위함이오."

정영주는 대현조선소 공기를 앞당기라고 작업자들을 채근하고 있었다.

물론 차준후가 그토록 강하게 주장하는 안전 공사를 준

수하며 말이다. 안전하다고 생각되어야만 빨리 일할 수 있다는 걸 강조했다.

작업 현장에서는 빠르면서 안전하게 공사하라는 정영주의 지시에 혼란스러워했다. 사실 둘을 모두 충족시키기란 어렵고 힘든 것이었으니까.

그러나 대현건설개발 사람들은 정영주에게 익숙했다.

그의 지시에 따라 열심히 구슬땀을 흘리다 보니 또 어떻게 굴러갔다. 빠르면서 안전하게라는 절묘한 줄을 타고서 대현조선소가 건설되고 있었다.

하고자 하면 이룰 수 있는 법이었다.

대현그룹은 조선소 공사를 앞당기기 위해 많은 인력과 자금을 투입하고 있었다. 다소 자금 투입이 비효율적이지만 많은 작업 인부들을 통해 공기를 앞당기는 것이 가능했다.

스카이 포레스트의 방식이었다.

대현건설개발과 정영주는 스카이 포레스트의 방식을 벤치마킹했다. 다행히 돈이라면 해외 차관과 스카이 포레스트의 투자 덕분에 부족하지 않았다.

안벽 매립, 선각로장, 기능공 훈련소, 본관 공사, 선박 강제 하치장 등이 동시에 공사되고 있는 현장이었다. 구역별로 나뉜 공간에서 근로자들이 바쁘게 일하고 있었다.

"현장 근로자들이 얼마나 되는 겁니까?"

"오늘은 4,140명이라오. 날에 따라 조금씩 차이가 있는데 평균적으로 4,000명은 매일 넘소이다. 많은 인원 동원 덕분에 작업을 안전하게 하면서도 빠르게 진행할 수 있는 것이지요."

근로자들의 숫자를 정확히 알고 있는 정영주였다.

그만큼 조선소에 관심이 지대하다는 이야기였다.

그뿐만 아니라 대현그룹의 모든 직원이 대현조선소의 성공을 위해 총력을 기울이고 있었다.

원 역사에서는 2,000명 정도의 작업 인원이 동원됐지만, 자금이 풍부했기에 매일 4,000명 이상의 근로자들이 매일 땀 흘리며 일하고 있었다.

"저기에 보이는 건물은 벌써 완공이 됐네요."

"조선소 건설에 착수하자마자 제일 먼저 건축한 건물이 바로 저기에 있는 기능공 훈련소라오. 조선소의 가장 핵심적인 곳이라고 할 수 있소이다."

"덴마크에서 배워 온 기술을 국내 기술자들에게 훈련시키고 있는 것이군요."

"그렇소이다. 기술자들이 많아야 배를 빨리 만들 수 있는 것이지요."

유럽의 선진 기술이 적용된 기능공 훈련소에서는 기계, 전기, 내장 일을 할 사람들을 대대적으로 훈련시키고 있었다.

게다가 조선업에 들어가는 신기술은 대현그룹의 모든 곳으로 퍼져 나가고 있었다. 대현그룹이 역사보다 더욱 튼튼하고 빠르게 성장하는 기반이 되어 갔다.

"정말 빠르네요."

엄청난 건설 속도에 차준후가 혀를 내둘렀다.

"대현그룹이 빠르다고 해도 스카이 포레스트에는 못 미치지요. 그래도 따라가려고 땀나도록 노력하고 있소이다. 그 노력 가운데 하나가 바로 저 준설 장비의 사용이라오. 수입한 저 장비의 24시간 작업량이 덴마크에서는 3,000평방미터라고 했소이다."

"그래요? 여기에서는 어느 정도인가요?"

"흐흐흐! 하루에 4,500평방미터를 처리하고 있지요. 덴마크 기술자들이 놀라더군요."

한국 근로자들의 근면성실함은 덴마크 기술자들을 기절초풍하게 만들었다. 똑같은 장비를 사용했는데 무려 50%의 효율을 더 끌어올린 것이었다.

이는 작업 근로자들이 정말 미친 듯이 일한 결과였다.

"대단하군요."

"아직 손에 장비가 익숙하지 않아서 50%밖에 올리지 못했다고 작업소장이 말했지요. 조금 더 있으면 효율을 더 끌어올릴 수 있을 거외다."

세계적인 조선소로 거듭날 대현조선소는 시작부터 범

상치 않았다.

그리고 그 미친 짓들은 이제 막 시작이었다.

"이제 조선소를 본격적으로 짓기 시작했으니, 해외에서 배를 사 줄 선주들을 찾아 나설 것이오."

정영주가 앞으로의 사업 방향을 꺼냈다.

조선소를 짓지도 않았는데, 선주를 찾겠다니?

배는커녕 조선소도 완성되지 않았는데, 배를 사 줄 선주를 찾겠다는 건 무척이나 이상한 일이었다.

그러나 차준후는 이해했다는 듯 태연하게 고개를 끄덕였다.

"조선소와 배를 동시에 만들겠다는 말씀이시군요."

조선소가 완성된 후에 배를 건조하기 시작하면 당연히 그만큼 시간이 지체될 수밖에 없었다.

그런데 정영주는 조선소를 세우면서 배를 동시에 건조하는, 통념을 깨고 작업을 동시다발적으로 병행함으로써 공기를 단축하고자 하는 것이다.

계획대로 잘 풀린다면 시간을 엄청나게 줄일 수 있기에 막대한 이득을 볼 수 있지만, 자칫 문제가 터지면 그야말로 엄청난 악재가 될 수 있는 시도였다.

배는 한 대를 건조하는 데만 해도 엄청난 비용이 필요했다. 그렇기에 일반적으로는 수주를 받은 뒤에 배를 건조하기 시작하는 것이 일반적이었다.

막대한 비용을 들여서 배를 만들어 뒀는데 선주를 찾지 못해서 방치해 두게 된다면, 자금 흐름이 막히면서 조선소가 도산하게 되는 최악의 상황까지 이어질 수 있기 때문이었다.

그런데 정영주는 과감하게 나서기로 결단을 내렸다. 이 정도는 하지 않고서는 이미 한참 앞서 나가고 있는 세계 조선소들과 경쟁하기 어렵다고 생각한 것이었다.

"오호. 역시 차준후는 대표는 다르구려. 지금까지 이 이야기를 들은 사람 중에서 내 의도를 알아차린 사람은 차준후 대표가 유일하오."

대단하기는.

당신이 벌인 이 미친 짓은 아주 유명해요.

정영주는 원 역사에서도 똑같은 행동을 취했고, 모든 이들이 미친 짓이라며 떠들었지만 문제없이 성공시키며 대현조선소를 한층 빠르게 성장할 수 있도록 만들었다.

한국 기업사에 관심이 있는 사람이라면 누구나 아는 일화였다.

"지금도 조선소 건설 속도가 많이 앞당겨지긴 했지만, 배를 동시에 건조한다면 훨씬 많은 배를 만들어 낼 수 있지 않겠소?"

배 하나를 건조하는 데만 해도 수년이 족히 걸리기도 한다. 조선업은 시간이 돈이라는 말이 딱 들어맞는 사업이었다.

 그리고 정영주는 차준후가 대현조선소 사업에 투자를 한 이유가 대한민국 경제 발전에 보탬이 되도록 하기 위해서라는 것을 알았다.

 도움을 받은 만큼 하루라도 빨리 성과를 내서 차준후의 뜻 또한 이룰 수 있도록 만들고 싶었다.

 "해외까지 나갈 필요가 있겠습니까?"

 "설마?"

 "제가 유조선을 주문하겠습니다."

 정영주의 정신 나간 사업에 차준후가 깊숙하게 발을 내디뎠다.

 원 역사에서도 해냈던 일인데, 스카이 포레스트의 지원까지 더해진 상황에서 못 해낼 리가 없다고 판단한 것이었다.

 "차준후 대표의 지원은 정말 계속 이어지는군요. 대현조선소가 차준후 대표 덕분에 첫 선박 수주의 어려움을 아주 쉽게 넘어가네요. 감사할 따름이외다."

 해외 선주사를 구한다고 자신감 있게 말했지만 사실 정영주도 어렵고 힘들다는 건 잘 알았다.

 그러나 대현그룹의 수장으로서 해내야 하지 않겠는가!

 결사적인 마음가짐으로 수주를 하기 위해 동분서주하겠다고 생각했다. 그런데 그런 결심이 무색하게 차준후에게 말을 꺼내자마자 이뤄지고 말았다.

"준설 공사도 서둘러야겠구려. 안벽을 만들면서 독을 파는 작업을 앞당기면 차준후 대표의 유조선을 빨리 세상에 선보일 수 있소이다."

이렇게 최대 건조 능력 70만 톤, 부지 60만 평, 70만 톤급 드라이독 2기를 갖출 예정인 대현조선소에 첫 주문이 들어왔다.

「대현조선소. 26만 톤급 유조선 2척 수주하다.」
「새로운 신화를 써 나가는 대현조선소.」
「스카이 포레스트가 대현조선소에 유조선을 2척 주문했다.」
「기상천외한 대현조선소. 그리고 그보다 더욱 기상천외한 주문을 한 스카이 포레스트!」

스카이 포레스트의 유조선 주문을 다음 날 곧바로 신문사들에 의해 대서특필됐다. 대현조선소에 대해 부정적인 이미지가 한순간에 날아가 버렸다.

국민들은 성공 가능성이 희박해서 비난했던 것이지, 잘 나간다면 곧바로 응원해 줄 수 있었다.

"이야! 난 대현조선소가 잘될 줄 처음부터 알았어."
"언제부터?"

"스카이 포레스트가 함께하는 사업이잖아. 잘될 수밖에 없어."
"음! 생각해 보니 네 말이 옳다."
스카이 포레스트는 지금까지 사업을 실패한 적이 단 한 번도 없었다. 그것이 대한민국에 어울리지 않는 사업이라고 해도 말이다.

제8장.
인사 청탁

인사 청탁

 애당초 스카이 포레스트는 고급 화장품 사업으로 시작을 한 기업이었다.
 일자리를 구하기 어려워 끼니 걱정을 하는 이들이 많았던 대한민국에서 사치품으로 세계적인 성공을 이루어 냈다는 것 자체가 말이 안 되는 이야기였다.
 대현조선소 사업은 그저 스카이 포레스트가 지금까지 해 왔던 대로 또 한 번 성공을 할 뿐인 것이었다.
 "경제를 담당하는 차관이 조선소에 부정적인 말을 하면 어쩌자는 거야? 그리고 왜 이렇게 협조적이지 않아. 이래서 대현그룹이 조선소에 적극적으로 임할 수 있겠어?"
 "죄송합니다, 의장님."
 "내가 성공한다고 했잖아. 공업용수를 제대로 내주지

않아서 정영주 회장에게 한 소리를 들어야만 하겠냐고?"

박정하가 정부 관계 부처를 찾아가서 야단쳤다.

중공업 육성은 그가 가장 중요시 여기고 있는 정부 정책 중 하나였다.

그런데 도리어 정부 관계 부처에서 대현조선소 사업에 제동을 걸고 있었던 것이다.

뒤늦게 대현조선소 건설에 정부 부처가 비협조적이었다는 사실을 뒤늦게 알게 된 박정하는 크게 분노했고, 곧장 대현조선소에 비협조적이었던 관계 부처의 장들을 소집한 것이었다.

'젠장!'

'큰일이다. 박정하 의장에게 밉보이고 말았어. 이럴 줄 알았으면 제대로 협조할걸.'

'어느 누가 대현조선소의 앞날이 불투명하다고 떠든 거야?'

서릿발 같은 박정하의 호통에 관계 부처가 얼어붙었다.

대현조선소가 잘나가지 못하면 그걸 핑계로 협조적이지 않았던 걸 무마할 수 있었다.

그런데 보란 듯이 거대 유조선 2척을 스카이 포레스트로부터 주문받았다.

그간 대현조선소 건설에 비협조적으로 나섰던 이들은 변명조차 할 수 없게 되었다. 스카이 포레스트의 주문으로 그들은 대현조선소의 가치를 알아보지 못한 무능한 이들로 낙인찍히게 되었다.

 잘못된 선택들은 그 책임을 져야만 했고, 곧 옷을 벗거나 한직으로 쫓겨나게 되었다.

 박정하가 이토록 분노한 이유에는 그저 자신이 밀고 있는 중공업 육성에 적극적으로 대응하지 않았기 때문만은 아니었다.

 대현조선소는 어디까지나 대현그룹의 계열사이지만, 스카이 포레스트의 지분이 상당했다. 만약 스카이 포레스트가 없었다면 대현조선소의 지금 성공은 존재하지 않았다.

 한마디로 대현조선소를 무시하는 건 스카이 포레스트를 무시한다고 볼 수도 있는 것이었다.

 이건 그냥 넘길 수 있는 사안이 아니었다.

 - 스카이 포레스트에 비협조적이면 공직 사회에서 잘릴 수도 있다.
 - 의장님의 중공업 정책에 적극 협조해라. 그것이 살 길이다.
 - 괜히 뻗대다가는 곧바로 공직 자리 날아간다.
 - 스카이 포레스트의 사업에 반대하지 마. 아주 위험한 일이야.

- 반대하려면 인생을 걸고서 해라. 스카이 포레스트는 여전히 잘나가고 있고, 차준후 대표는 미쳤으니까. 그가 하는 사업은 무조건 성공한다는 선입견을 가지고 있어야 돼.

　중공업 육성에 반대하던 관료들 사이에서 조심해야 한다는 이야기가 떠돌았다.
　그들은 박정하의 중공업 육성 정책이 현 대한민국의 상황에 부적합한 무리한 정책이라고 생각했기에 중공업 사업에 뛰어드는 기업들의 협조 요청에 사사건건 딴지를 걸곤 했다.
　그러나 이번 사건을 계기로 중공업 육성 정책에 단순히 반대를 할 뿐만 아니라 방해까지 하던 이들은 정리가 되어 갔고, 이제 대한민국의 중공업 발전은 순탄하게 흘러갈 수 있게 되었다.

* * *

　어느 날, 박태주가 차준후를 찾아왔다.
　차준후와 마주 앉은 박태주는 다소 조심스럽게 입을 열었다.
　"혹 스카이 포레스트에서 방위 산업을 시작해 보실 의

향은 없으십니까?"

"방위 산업이요?"

"화장품을 만드는 일이 화약을 만드는 공정과 크게 다르지 않다고 들었습니다."

"그건 맞습니다만……."

화장품은 화약용품 덩어리였고, 실제로 화약을 만드는 공정과 매우 흡사했다. 실제로 일본의 화장품 기업인 시세삼도는 2차 세계 대전 당시에 화약을 제조하기도 했다.

"북한의 움직임이 예사롭지 않습니다. 나라의 안전을 위해서는 국방력을 강화해야 하는데, 솔직히 어려운 점이 많습니다. 도와주십시오."

북한은 끊임없이 남침 야욕을 품고 있었다.

북한과의 정전 협정이 체결된 지 불과 10년도 채 안 된 상황이었다. 이 당시 대한민국은 아직 전쟁의 상처를 다 씻어 내지 못했다.

군사정부에서 북한과의 전쟁을 우려하여 국방력을 강화하고 싶어 하는 건 당연한 일이었다.

군사정부는 북한의 위협에 대비하기 위해 먼저 미 정부에 군수 지원을 요청했으나 단호하게 거절당했다.

그 때문에 자체적으로 국방력을 강화하기 위해 스카이 포레스트에 도움을 청하게 된 것이었다.

"방위 성금을 낼 수는 있습니다만, 스카이 포레스트에

서 방위 산업에 진출할 생각은 없습니다."

차준후가 부탁을 거절했다.

"어렵겠습니까? 수익성을 보장한다고 의장님이 이야기하셨습니다."

"제가 돈을 벌 목적으로만 사업을 했다면 복지 사업이나 고속도로, 지하철 사업에 투자를 했겠습니까? 그건 정부에서도 잘 알고 계시리라 생각합니다. 방위 산업은 제 가치관에 어긋나는 분야입니다."

차준후는 설령 나라와 국민을 지키기 위한 일이라고 해도 무기를 만드는 사업을 하고 싶진 않았다.

모든 일은 처음이 어려울 뿐이다. 하다 보면 어떤 일이든 적응하기 마련이었다. 화약을 만들다 보면 어느새 총과 미사일, 전차까지 만들게 될지도 몰랐다.

만약 원 역사에서 정말 북한과의 전쟁이 일어나거나 했다면 막대한 투자를 감행했을 테지만, 차준후가 회귀하기 전까지도 전쟁은 벌어지지 않았다.

찝찝함을 안고 가면서까지 돈을 벌기 위해 방위 산업에 뛰어들 필요는 없다고 생각됐다.

"알겠습니다. 대표님의 뜻을 의장님에게 전하겠습니다."

박태주는 아쉬웠다.

박정하뿐만 아니라 그도 군인 출신이었기에 스카이 포레스트가 방위 산업에 적극적으로 나서 주길 바랐기에 아쉬운 마음이 컸다.

군사정부는 이후로도 포기하지 않고 재차 차준후에게 방위 산업 진출을 부탁했지만, 차준후의 결심은 꺾지 못했다.

스카이 포레스트는 사람들에게 행복을 주고, 삶의 질을 개선시켜 줄 수 있는 사업 분야에만 투자를 했다.

* * *

스카이 포레스트는 굵직한 사업을 여럿 진행하게 되며 대규모 채용을 계속 이어 나갔다. 워낙 동시에 많은 사업을 진행하게 된 탓에 많은 직원이 필요하게 되어 대규모 채용을 진행하게 되었다.

한 번 뽑았다 하면 기본 수십 명이었고, 많을 때는 수백 명을 한 번에 채용하기도 했다.

차준후는 직원을 채용할 때 학력이나 나이보다 능력을 중요시하라는 지시를 내려 놓았다. 특히 포장과 같은 단순 업무에서는 학력보다 성실함이 더 중요했기에 누구든 열정만 있다면 채용했다.

그러나 아무리 스카이 포레스트의 규모가 크고, 사업도 계속해서 확장해 나가고 있다지만 모든 지원자를 채용할 수는 없는 노릇이었다.

스카이 포레스트에서 계속해서 대규모로 직원을 채용하고 있음에도 그보다 구름처럼 몰려드는 지원자들의 수가 훨씬 많았다.

그 때문에 채용되는 이들보다 더 많은 이들이 고배를 맛보고 뒤돌아설 수밖에 없었고, 오죽하면 채용 청탁까지 있을 정도였지만 당연히 그런 게 통용되는 스카이 포레스트가 아니었다.

어느 정도 급한 인력 보충이 끝나자, 한시름 놓은 차준후가 간만에 즐겨 찾는 용산의 돈가스집을 방문해 칼질을 하고 있을 때였다.

"준후야! 정말 오랜만이다. 나 알지?"

"응?"

잘라 낸 돈가스를 입으로 가져가려던 차준후의 눈에 잘 차려입은 여인이 보였다.

"미선이야. 강미선."

차준후는 기억의 파편을 끄집어내서 그녀가 누구인지 간신히 떠올렸다.

"아, 강미선!"

대학교 동기였다. 다만 친하게 지냈던 동기는 아니었고, 데면데면하게 지내며 얼굴만 아는 정도의 친분이었다. 딱히 사이가 나빴던 건 아니지만, 그렇다고 친하다고 할 수 없는 관계였다.

"잠깐 시간 좀 괜찮아?"

강미선이 간절한 눈빛을 보냈다.

"앉아서 이야기하자."

차준후가 우연히 만난 대학교 동기의 청을 매정하게 거절하지 않았다.

"고마워."

그녀가 냉큼 앞자리에 앉았다.

"식사는?"

"방금 먹었어. 여기가 네가 자주 찾는 돈가스 맛집이라고 해서 방문했어. 그런데 여기에서 너를 볼 줄이야! 정말 행운이네."

용산 돈가스집은 차준후의 취향에 잘 맞았다.

치즈돈가스를 먹고 싶을 때면 종종 찾았고, 차준후가 즐겨 찾는 돈가스 맛집이라는 소문이 떠돌았다. 차준후의 후광을 아주 많이 보고 있는 식당이었다.

"행운까지야."

무슨 행운 토템이냐.

만남 자체가 행운이라는 강미선의 말이 솔직히 차준후는 이해가 가지 않았다.

"요즘 사업이 아주 잘된다면서? 정말 축하해. 대학교 때 아주 명석해 보이는 것이 난 네가 성공할 줄 알았어."

차준후가 듣기 좋으라고 하는 말에 가만히 웃었다.

대학교를 다니던 당시 차준후의 대학 성적은 그냥 평범했다. 적당히 공부할 건 하고, 놀 때는 노는 평범한 대학생이었다.

그런데 그때부터 이렇게 성공할 줄 알았다고?

만약 그랬다면 강미선은 대단한 안목을 지닌 천재라고 할 수 있었다.

당연히 그냥 듣기 좋으라고 하는 입바른 이야기일 수밖에 없었다.

웃고 있는 차준후를 보면서 강미선이 따라서 배시시 웃는다.

"작년 말에 동창회가 있었어. 연락 못 받았어? 대학교 총동문회와 동창회에서 각각 보냈다고 하던데?"

차준후는 명문대를 졸업하여 그의 동기들 중 성공한 사람은 제법 많은 편이었다. 그러나 당연히 차준후만큼 성공한 사람은 없었다.

그렇기에 인맥을 매우 중요시 여기는 총동문회에서는 차준후와 좋은 관계를 유지하기 위해 동창회에 그를 참석시키기 위해 애썼으나, 아무리 동창회 소식을 전해도 그동안 차준후는 감감무소식이었다.

차준후로서는 대학생 때의 인연들은 자신의 인연이 아니었기에 다소 어색할 수밖에 없었고, 딱히 자신이 하는 일에 큰 도움이 될 거라는 생각도 들지 않았기에 억지로 동기들과 교류하려 하지 않았다.

그에 동창회 초청을 비롯해 불필요한 만남 요청은 비서실을 통해 모두 차단되고 있었다.

"바빠서 참석 못했어."

차준후가 적당히 둘러댔다.

"하긴, 네가 바쁘다는 건 모두가 알고 있는 일이지. 언제 한번 참석해 봐. 교수님들을 비롯해서 동기와 선후배들이 모두 너를 만나 보기를 원하고 있어."

"기회가 닿으면."

말과는 달리 차준후는 앞으로도 총동문회와 동창회에 참석할 생각이 없었다.

"하려던 이야기가 그거야?"

"그건 아니고, 다른 게 아니라…… 나한테 남동생이 하나 있거든? 대학교를 졸업한 지 얼마 안 됐는데, 능력도 뛰어나고 성격도 아주 착해. 그런데 너도 알다시피 요즘 취업이 쉽지 않잖아. 내 동생도 취업을 못하고 있어서, 속이 상한지 매일 술만 먹고 돌아다녀서 가족들이 다 걱정이 커."

"능력이 뛰어나면 어느 기업에서라도 채용을 하겠지. 더 많은 기업에 이력서를 내 보라고 해 봐."

차준후는 그녀의 고민을 이해했다.

대학교까지 보냈는데 취업을 못하면 가족들의 걱정이

많겠지.

그러나 취직을 못해서 술만 마시고 돌아다닌다는 이야기에선 눈살이 찌푸려졌다.

'취업이 안 되면 더 열심히 노력해도 부족한 판국인데, 술만 마시고 다닌다고? 마음가짐이 글러 먹었네.'

강미선은 동생의 능력이 뛰어나다고 표현했지만, 과연 정말 능력이 뛰어난데 취업이 안 됐던 게 맞을까 의구심이 들 수밖에 없었다.

물론 이 시대에는 능력이 뛰어나도 취업을 못하는 경우는 굉장히 많았다. 강미선의 동생도 그런 케이스일 수는 있었다.

실제로 이 당시 대학생들 중에서도 대학을 졸업하고도 취업을 못하는 경우는 제법 흔했다.

"그래서 말인데…… 혹시 스카이 포레스트에서 데려다가 내 남동생한테 일 좀 시켜 줄 수 있어? 스카이 포레스트에서 내 동생 좀 인재로 만들어 줘."

한마디로 채용 청탁이었다.

스카이 포레스트에 많은 채용 청탁이 들어온다는 건 차준후도 익히 알고 있었지만, 직접 청탁을 받은 건 처음이었기에 다소 당황스러웠다.

"스카이 포레스트는 지금 상시 채용을 진행 중이니까 지원해 보라고 말해 줘. 네 말대로 능력이 뛰어나다면 떨어질 일은 없을 거야. 우리 회사는 다른 무엇보다 능력을 가장 우선시하니까."

차준후는 당황스러운 마음을 누르고는 침착하게 대답했다.

차준후의 인재 사랑은 유명하다. 나이가 많든 적든, 한국인이든 외국인이든, 설령 초등학교만 나왔다고 해도 능력만 뛰어나다면 가리지 않고 채용했다. 또한 다른 어느 기업에서도 보기 힘든 파격적인 대우까지 해 주었다.

이 때문에 전국의 인재들이 스카이 포레스트에 쏠리는 현상이 벌어지고 있었다.

그에 다른 기업들도 인재를 빼앗기지 않고 혜택을 점점 늘려 나갔다. 비슷하게라도 따라가지 않으면 인재들을 모두 빼앗길 판이었으니 어쩔 도리가 없었다.

"채용해 줄 거야?"

강미선이 눈빛을 반짝거렸다.

남동생이 스카이 포레스트에 취직할 수 있다면 대단히 경사스러운 일이었다. 요즘 스카이 포레스트에 취직한다는 건 하늘의 별 따기처럼 어려웠다.

스카이 포레스트에서 채용 공고가 나오면 대학생들까지 대거 이력서를 집어넣었다.

그리고 스카이 포레스트에 채용 합격이 되는 순간, 곧바로 대학교를 그만두는 경우도 흔했다. 대학교를 다니는 이유가 바로 좋은 직장을 얻기 위함이었는데, 그 이유가 곧바로 충족되기 때문이었다.

"채용은 각 부서의 인사 담당자들이 담당하고 있어서 그 부분은 내가 확답을 줄 수가 없네."

"그러지 말고 높은 자리에 있을 때 신경 좀 써 줘. 동기 좋다는 게 뭐야. 월급은 조금만 줘도 되니까, 내 남동생 좀 취직시켜 줘."

사실 정말 능력만 뛰어나다면 차준후가 직접 인사 채용에 개입하는 건 어려운 일이 아니었다. 지금까지도 직접 인재들을 채용한 적도 있었고 말이다.

그러나 그 경우들은 하나같이 차준후가 직접 그들의 능력을 확인한 뒤에 진행된 경우들이었다.

강미선의 동생이 어떤 재능을 가지고 있는지, 어떤 품성을 지닌 사람인지도 알지 못하는데 무작정 채용할 수는 없는 노릇이었다.

그리고 무엇보다 차준후가 능력만큼이나 중요시 생각하는 게 바로 열정과 성실함 같은 마음가짐이었다.

"매일 술만 마시고 돌아다닌다는 사람을 내가 뭘 믿고 채용할 수 있겠어?"

취업이 안 된다면 자신의 능력을 더 갈고닦든 노력을 해야 한다고 생각했다.

또한 한 번씩 힘들어서 술을 마실 수는 있겠지만, 매일같이 술을 마신다는 건 완전히 다른 이야기였다.

차준후는 그런 사람에게 특혜를 줄 생각이 없었다.

만약 정말 강미선의 동생이 인재라면 공개 채용을 통해서도 충분히 스카이 포레스트에 입사할 수 있을 것이었다.

"아, 아니야! 뽑아 주기만 하면 열심히 일할 거야!"

강미선은 뒤늦게 자신이 말실수를 했다는 걸 깨달았다.

"그 전제가 잘못됐어. 뽑히고 나서 열심히 하는 게 아니라, 열심히 하는 사람이 뽑히는 거야."

차준후가 선을 그었다. 애당초 그다지 친한 관계도 아닌데 채용 청탁까지 한다는 게 굉장히 불쾌했다.

그리고 이렇게 시간을 내준 것만으로도 동기로서 굉장히 많은 신경을 써 준 거였다.

대한민국을 넘어 전 세계에 차준후와 이렇게 독대를 하고 싶어 하는 사람은 굉장히 많았지만, 그 기회를 받는 사람은 극히 드물었다.

강미선은 대학 동기라는 이유 하나만으로 그 기회를 손에 넣었던 것이었다.

"어떻게 안 될까?"

"안 돼."

차준후는 단호했다.

한 번 결정한 일은 어지간해서 뒤집질 않는 차준후의

성격이 여기에서도 여실히 드러났다.

"정말 너무한다. 스카이 포레스트에서 그 많은 사람을 뽑는데, 거기에 내 동생 한 명만 더 추가해 주면 되는 일이잖아."

"그 이야기는 여기까지 하자. 이거 하나만 알아 둬. 지금 나한테 이렇게 따로 무언가 이야기할 수 있는 기회를 받는 사람은 얼마 없어. 대학교 동기니까 지금 이렇게 시간을 따로 내서 이야기를 들어 주고 있는 거야. 넌 그 기회를 허망하게 버린 거고."

차준후의 도움을 받은 사람들은 하나같이 엄청난 성공을 이루었다.

그 가치를 아는 이들이 어떻게 차준후를 만나기 위해 갖은 노력을 했다. 미국에서는 심지어 어떻게든 차준후와 한 번 만나기 위해 그와 같은 호텔에 묵으려던 이들로 호텔이 꽉 찼을 정도였다.

그럼에도 차준후와 대화를 나누고, 그에게 무언가 부탁할 수 있는 기회를 얻은 사람은 굉장히 극소수였다.

강미선은 그저 대학교 동기라는 이유만으로 그 기회를 얻었던 것인데, 말도 안 되는 부탁으로 그 기회를 허망하게 놓쳐 버렸다.

"……뭐?"

그러나 강미선은 차준후의 말에도 여전히 상황을 파악

하지 못했다. 그녀는 자신이 놓친 기회가 돈으로 환산할 수 없는 가치를 지니고 있음을 몰랐다.

아는 만큼 보이는 법이었고, 그녀는 차준후를 단순히 잘나가는 사업가 정도로만 생각하고 있었다.

이야기를 나누다 보니 어느새 돈가스를 모두 먹은 차준후였다.

"오랜만에 만난 동기니까 식사비는 내가 내줄게."

차준후가 자리에서 일어났다.

"자, 잠깐만! 조금만 더 이야기 좀 들어 줘!"

강미선이 더 할 말이 있어 보였지만 차준후는 대화를 끊고 식당에서 나갔다. 황급히 강미선이 차준후를 따라 붙었지만 경호원들이 막아섰다.

"더 이상 접근하지 마십시오."

"아!"

강미선이 주춤 뒤로 물러섰다.

어느새 차준후는 검은 양복을 입은 건장한 체격의 경호원들에게 둘러싸여 있었다. 그 모습을 본 순간, 강미선은 차준후가 자신과는 다른 세계에 살고 있음을 새삼 체감할 수 있었다.

차준후가 대기하고 있던 검은색 포드 차량을 타고 바람처럼 사라졌다.

그 뒷모습을 바라보며 강미선은 그제야 차준후가 했던

말의 의미를 깨달았다.

차준후는 그냥 잘나가는 사업가가 아니었다. 일반인은 쉽게 만날 수 없을 만큼 성공한 세계적인 사업가였다.

다른 사람이었다면 진작에 경호원들에게 제지를 당했을 텐데, 대학교 동기라는 이유만으로 그와 대화를 나누고 부탁까지 할 수 있었던 것이다.

그녀는 자신이 엄청난 기회를 허무하게 놓쳐 버렸다는 걸 알게 되었지만, 이미 뒤늦은 후회였다.

"에휴! 이놈의 원수와도 같은 남동생 자식! 준후처럼 잘났으면 얼마나 좋았을까. 준후의 십분의 일만 닮았어도 업고 다니겠다."

그녀가 매일 술에 취해서 돌아오는 남동생을 원망했다.

잘못된 방향이었지만 동생을 생각해 주느라 천금 같은 기회를 놓치게 되었으니 억울한 마음도 있었다.

"돈 잘 벌어서 정말 부럽다. 부러워서 배가 아프기도 한데, 더욱 잘 벌어라. 네가 잘나가야 대한민국이 더욱 좋아질 테니까. 거기에서 떨어지는 떡고물만으로도 만족할 수 있다."

그녀는 차준후가 앞으로도 더욱 잘나가기를 기원했다.

차준후 덕분에 고속도로가 생기고, 강남이 개발되고, 공업단지도 생기고 있었다. 앞으로 그로 인해 벌어지는 대한민국의 발전은 서민들에게 큰 도움이 될 게 분명했다.

취업 청탁은 실패했지만 그녀와 그녀의 남동생은 이미 차준후의 혜택을 크든 작든 누리고 있는 것과 진배없었다.

 강미선은 오늘 있었던 이야기를 친한 친구들에게 크게 후회한다며 털어놓았고, 그 이야기들은 차준후와 대학교 동문 사람들에게 빠르게 퍼져 나갔다.

 이후 스카이 포레스트로 차준후의 동문이라는 사람들의 연락이 더욱 늘어났다.

 그렇지만 그 누구도 차준후와 전화 통화에 성공한 사람은 없었다. 여전히 과거의 인연에 철벽을 치고 있는 차준후였다.

* * *

 울산공업단지 기공식이 열리고 난 뒤 사업이 활발해졌다. 이러한 기류에 맞춰 스탠드 오일도 발 빠르게 움직였다.

 스탠드 오일은 LNG 터미널을 비롯한 플랜트 시설 공사를 위해 대한민국에 우선적으로 제1진을 파견했고, 이들은 차준후가 제공한 전세기를 타고 대한민국에 도착했다.
 "반갑습니다. 차준후입니다."
 차준후가 스탠드 오일의 전문가들을 반겼다.

대한비료 천연가스 공장이 완성되더라도 LNG 터미널이 없으면 천연가스 비료 공장은 제대로 운영될 수가 없었다.

　한시라도 빨리 천연가스 비료 공장을 가동시키기 위해서는 이들의 도움이 절실했기에 이렇게 대한민국까지 직접 찾아와 준 것을 크게 반기는 게 당연했다.

　"올리버 로런이라고 합니다. 그 유명한 차준후 대표를 드디어 만나 뵙게 됐어요. 대표님의 LNG 특허는 정말 감명 깊게 봤습니다. 덕분에 새로운 플랜트 시설을 만들 수 있게 되어서 정말 기쁩니다."

　금발의 중년인이 만면에 미소를 띤 채 차준후와 악수를 나눴다.

　올리버 로런은 세계적인 기업인 스탠드 오일에서도 플랜트 시설 분야의 최고 전문가로 꼽히는 사람이었다.

　"앤디도 오랜만이네. 잘 지냈는가?"

　"덕분에 잘 지내고 있습니다."

　"내가 네놈을 얼마나 예뻐했는데, 이렇게 재미난 사업이 있으면 일찌감치 알려 줬어야지."

　"예뻐한 것이 아니라 구박을 많이 한 거죠. 그리고 회사의 기밀을 어떻게 알려 드릴 수가 있습니까?"

　앤디 사무엘과 올리버 로런은 친밀하게 지내던 사이였다. 사수였던 올리버 로런이 앤디 사무엘에게 많은 기술과 지식을 알려 줬다.

어떻게 보면 스승과 제자 사이였다. 그렇기에 허물없이 투덕거릴 수 있었다.

"덴마크에서 곧 LNG 수송선에 탑재할 대형 탱크의 최종 실험을 진행할 예정이라고 하더군요. 그 자리에 대표님께서도 참석하실 생각이십니까?"

덴마크 산업기술연구소에서 마침내 대형 LNG 탱크 완성을 눈앞에 두고 있었다. 이제 최종 실험만을 앞둔 상황이었고, 그에 차준후에게 실험 발표회에 참석해 달라며 초대장을 보내왔다.

"가 봐야지요."

"역사적인 새로운 출발의 장이 되겠네요."

LNG 대형 탱크 실험이 성공한다면?

저유가인 지금의 시대에는 LNG가 상용화된다고 해도 당장 눈에 띄는 변화는 생기지 않을지도 모른다.

그러나 에너지 자원을 석유에 지나치게 의존하고 있는 것에 대한 문제는 꾸준히 제기되어 왔고, 전 세계 선진국에서는 그 대체재를 찾고 있었다.

그리고 LNG는 석유에 의존하고 있던 에너지 시장에서 일정 부분을 분담할 수 있을 만큼 뛰어난 에너지였다.

무엇보다 차준후는 LNG 시장의 성장 가능성을 누구보다 잘 알았다.

그렇기에 LNG 시장을 석권하기 위해 재빨리 특허를 등록한 것이었고, 차준후의 특허를 사용할 수 없다면 LNG 시장에 발을 내딛기 힘든 구조가 만들어졌다.

당장은 눈에 띄게 시장이 변화하지 않을지 몰라도, 전문가들은 그 가치를 이해했기에 지금도 여기저기서 차준후를 찾는 사람들이 상당히 많았다.

"혹시 덴마크에 가실 때 저도 함께 데려가 주실 수 있으십니까?"

올리버 로런이 동행을 요청했다. 그는 역사적인 순간을 직접 두 눈으로 보고 싶었지만, 아쉽게도 초대를 받지 못했다.

그러나 차준후의 동행자로 함께한다면 초대장이 없더라도 출입할 수 있을 터였다.

제9장.
나노 징크옥사이드

나노 징크옥사이드

"그러시죠."

차준후가 흔쾌히 올리버 로런의 부탁을 받아들였다.

대한민국에 만들어질 LNG 플랜트 시설 전반을 책임질 올리버 로런이었다. 이 정도 부탁은 얼마든지 들어줄 수 있었다.

"정말 감사합니다! 덴마크 산업기술연구소에서 LNG 대형 탱크가 완성된다면 플랜트 시설을 만드는 데 별다른 문제는 없을 겁니다. 탱크 시설만 빼면 정유 시설과 크게 다른 부분이 없거든요."

"그건 이미 제가 대표님께 보고드렸습니다. 대표님께 진척 상황을 공유드리는 건 제가 잘 처리할 테니, 스탠드 오일의 전문가분들께서는 LNG 터미널을 비롯한 플랜트 시설 시공 노하우를 대한민국 작업자분들에게 잘 전수해 주시면 됩니다."

"이번 기회에 아주 스탠드 오일의 기술을 잔뜩 빼먹으려고 작정을 했구나."

"빼먹다니요? 서로 돕고 돕는 거지. 그렇게 말씀하시면 섭섭하죠!"

"아니, 그냥 말이 그렇다는 거지."

스카이 포레스트와 스탠드 오일은 지분을 반씩 하여 합작사를 세웠고, 스카이 포레스트는 스탠드 오일에 LNG 운반선과 탱크에 대한 특허를, 그리고 스탠드 오일은 플랜트 시설에 대한 노하우를 제공하며 서로 윈윈하는 구조를 만들었다.

그 덕분에 전 세계에서 LNG 산업에 뛰어들며 빠르게 연구를 진행하고 있었지만, 스카이 포레스트와 스탠드 오일은 LNG 산업에서 압도적인 우위를 장악할 수 있게 되었다.

'SF 화학의 플랜트도 다 완성됐으니, 대한민국의 석유화학 산업 발전엔 더 가속도가 붙겠지.'

현재 원스톱 자동화 설비를 갖춘 SF 화학의 정유 플랜트 시설은 완성을 눈앞에 둔 상황이었다.

여기에 더불어 덴마크 산업기술연구소의 LNG 대형 탱크의 최종 실험까지 성공적으로 마무리가 된다면, LNG

플랜트 시설도 순식간에 완성까지 달려 나갈 수 있을 것이었다.

석유화학은 기간산업이다.

21세기까지도 매우 중요한 에너지로 자리하는 석유화학 산업이 튼튼해야 국가 경제가 튼튼하게 성장할 수 있었다.

'매번 해외 정유사와 업체들에게 당하기만 해 왔는데, 이제는 그런 꼴을 보지 않을 수 있겠지.'

대한민국에서 정유 사업을 하려면 무조건 외국의 기업과 제휴를 맺어야만 했다.

석유 자원이 전혀 없는 대한민국은 관련 기술이 전무했고, 이미 전 세계 수많은 기업이 앞서 나가 있는 상황에서 맨땅에 부딪치며 시작하기엔 너무 뒤처져 있는 탓이었다.

그리고 그 탓에 많은 손해를 감수해야만 했다.

어쩔 수 없는 일이었다.

그러나 어쩔 수 없다고 넘어가기에는 분통이 터지는 것도 사실이었다.

그랬던 대한민국의 역사가 차준후로 인해 완전히 뒤바뀌었다.

스카이 포레스트가 미국의 대표적인 석유 회사인 스탠드 오일과 합작사를 설립하게 되며, 대한민국은 세계를 선도하는 기술 노하우를 손에 넣을 수 있게 되었다.

원 역사에서는 상상조차 할 수 없었던 변화가 차준후의 의해 일어나고 있었다.

* * *

일본은 미국의 방침 때문이 아니더라도 한일 국교 정상화에 관심이 많았다. 수출 중심으로 성장하고 있는 일본이기에 한국은 가장 가까우면서도 가장 좋은 거래 대상이었기 때문이다.

그에 일본 총리는 대한민국과의 관계를 개선하기 위한 움직임을 보였지만, 대한민국의 국민들은 진심이 담긴 사죄조차 하지 않는 일본을 향한 반감이 너무 컸기에 한일 국교 정상화는 뚜렷한 진전을 보이지 않았다.

또한 경제개발을 위한 자금 문제도 스카이 포레스트 덕분에 해결된 지 오래였기에 군사정부로서도 구태여 일본과의 협상을 서두를 이유가 없었다.

그러나 그러한 문제들을 차지하고서라도 대한민국의 발전을 위해서라도 결국 언젠가는 일본과 국교를 정상화해야 한다는 걸 박정하는 알고 있었다.

그렇기에 작년 말에 중앙정보부장인 김종팔이 은밀하게 일본으로 건너가 국회의사장 총리 집무실에 회담을 가졌다.

그리고 올해는 박정하가 방미 일정을 소화하기에 앞서 일본에 들러 일본 총리와 회담을 갖기로 했다.

「박정하 의장. 이케다 총리와 회담 예정.」
「방미 일정 전에 일본 총리와 만나는 박정하. 한일 국교 정상화 의논할 예정이다.」
「한일회담. 드디어 성사된다.」
「한국과 일본의 선린 우호적 관계를 열망한다.」

일본 언론사에서 박정하의 일본 방문을 대대적으로 보도했다.
그리고 이 소식은 대한민국에도 뒤늦게 알려졌다. 비밀리에 한일회담을 진행하려던 군사정부의 계획은 일본 언론 때문에 송두리째 무너지고 말았다.
"한일회담이 웬 말이냐? 일본과의 협상은 필요 없다!"
"일본 총리와 회담을 가진다는 건 선 넘는 행동이지."
"이런 행위는 절대로 용서할 수 없다. 조국에 대한 배신이야."
국민들의 불만이 높아졌고, 박정하의 인기는 급속도로 추락했다.
대한민국 국민들은 마치 이미 지나간 일이라는 듯 제대로 된 사죄조차 하지 않는 일본에 대한 분노로 치를 떨었다.
 결국 박정하는 민심을 추스르는 걸 우선시할 수밖에 없었다.

「한일회담은 없다.」

 박정하는 예정된 한일회담을 취소해 버렸다.
 이 모든 건 엠바고를 지키지 않은 일본 언론사들의 잘못이었다. 그러나 그 취소 뒤에도 한일회담에 대한 이야기는 계속 진행됐다.
 김종팔은 비밀리에 다시 일본으로 넘어갔고, 일본 외무장관과 독대하여 따지듯 물었다.
 "일본 언론 때문에 대한민국이 많이 혼란스럽소. 비밀리에 진행시켜야 할 한일회담이 왜 노출된 겁니까?"
 "미안할 따름입니다. 할 말이 없습니다."
 "지금 국내 여론이 극히 나빠서 한일회담은 상황을 지켜본 뒤에 다시 날짜를 잡아야 할 것 같습니다."
 "음! 어쩔 수 없는 일이지요. 그럼 대일청구권에 대한 부분부터 먼저 협의하는 건 어떻겠습니까?"
 "그건 제가 협의할 수 있는 내용이 아닙니다."
 김종팔이 딱 잘라서 선을 그었다.
 "미리 큰 틀에서 합의를 봐 놓아야 한일회담을 하기가

편해진다고 사료됩니다."

"그건 시간을 두고 천천히 이야기 나누도록 하시죠."

일본 외무장관은 어떻게 대일청구권 문제를 한일회담에서 마무리 짓기를 바랐지만, 김종팔은 꿋꿋하게 대일청구권은 시간을 두고서 차차 이야기를 해 나가야 한다는 의지를 강하게 내비쳤다.

차준후의 의지가 반영된 결과였다.

결국 김종팔의 뜻을 굽히지 못한 일본 외무장관은 마지못해 알겠다며 고개를 끄덕였고, 추후 양국의 수장이 만나서 한일회담을 정상적으로 진행할 것임을 재확인하는 선에서 이번 독대는 끝이 났다.

역사가 조금씩 뒤틀리고 있었다.

굴욕적인 대일청구권 협상은 사라졌다.

원 역사에서 경제적인 압박감 탓에 대등하게 이루어지지 못했던 한일회담이, 이번에는 대한민국이 우위를 점하고 일본이 굽히는 형국이 되어 갔다.

* * *

뒤틀린 역사의 수레바퀴에는 조금씩 가속도가 붙었다. 그리고 그것을 더욱 가속화하는 작업을 차준후가 연구실에서 하고 있었다.

"만들기 정말 힘드네."

차준후의 눈앞에 놓여 있는 하얀색 가루, 징크옥사이드를 바라보며 한숨을 내쉬었다.

산화 아연, 다른 말로 징크옥사이드는 빛을 산란시키고 반사하는 성질을 지니고 있어, 자외선 차단에 아주 효과적이라 자외선 차단제를 만드는 데 쓰인다.

또한 살균 기능까지 있어서 일상생활에서 즐겨 사용하는 탈취제나 비누를 만들 때도 활용할 수 있었다.

"하긴, 그냥 징크옥사이드가 아니라 나노 징크옥사이드니까 만들기 쉬우면 이상한 일이지."

차준후가 뿌듯한 눈길로 하얀색 가루를 바라보았.

지금 시대에 나노 징크옥사이드는 마법의 가루나 다름없었다.

그냥 단순 가루처럼 보이지만 이 나노 징크옥사이드를 만들기 위해 오대양은 무려 15년의 연구를 하였다. 그리고 오랜 연구 끝에 2018년에 나노 징크옥사이드 개발에 성공할 수 있었다.

이미 일본과 독일이 나노 징크옥사이드 분야에서 경쟁력을 가지고 있어 시장 진출이 쉽지 않았다. 오대양의 나노 징크옥사이드 시장 진입을 막아서기 위해 일본 기업들이 대대적으로 방해하기까지 했다. 그 때문에 오대양은 나노 징크옥사이드 판매에 크게 애를 먹었다.

화장품을 제대로 만들기 위해서는 여러 재료가 필요했다. 21세기에는 환경과 인체에 무해하고 안전성이 높은 소재들을 사용하였다.

그런 소재들 가운데 하나가 바로 나노 징크옥사이드다.

오대양의 개발 성공 이전에 나노 징크옥사이드는 독일과 일본에서만 생산돼 거의 모든 화장품 회사들이 두 국가의 생산업체로부터 원료를 수입했다.

국내 화장품 회사들은 대체적으로 일본 회사로부터 수입을 하였고, 값이 비싸도 울며 겨자 먹기로 수입할 수밖에 없었다.

화장품 제작 분야는 기초 소재 원천 기술 확보가 매우 중요한 업종이다. 이런 기초 소재 연구에 강점을 가지고 있는 국가가 바로 일본이다.

기초 소재 및 무기화학 분야에서 최고 수준으로 올라서는 일본이지만 차준후로 인해 지속적으로 피해를 보고 있었다.

나노 징크옥사이드란 기초 소재를 꽉 잡게 될 스카이포레스트였고, 이제 일본이 거꾸로 수입하게 되는 체제가 되어 버렸다.

일본에게는 악재였지만 대한민국에게는 커다란 희소식이었다.

"나노 징크옥사이드를 이용하면 기저귀 발진 치료제도

만들 수 있지."

1940년대에 스웨덴의 한 회사가 일회용 기저귀를 세계 최초로 만들었지만, 1950년대까지만 하더라도 일회용 기저귀는 사치품에 속했다.

기저귀라는 것이 하루에도 몇 개씩이나 써야 하는 탓에, 이 당시에는 그런 기저귀를 일회용 쓴다는 건 사치일 수밖에 없었다.

그에 일회용 기저귀는 제법 부유한 가정에서나 사용했고, 대부분의 서민은 하루에 몇 번씩 세탁하는 고생을 하면서까지 천 기저귀를 재사용했다.

그러나 1960년대에 이르러 전 세계적으로 사람들의 소득 수준이 크게 향상되었고, 이제는 천 기저귀가 아닌 일회용 기저귀를 사용하는 가정이 제법 늘어나기 시작했다.

또한 일회용 기저귀의 가격이 점차 저렴해지고 성능도 크게 개선되니, 아무래도 번거롭게 매번 세탁을 해야 하는 천 기저귀보다 편의성이 훨씬 좋은 일회용 기저귀가 선호되는 건 당연한 일이었다.

다만 일회용 기저귀는 편리한 만큼 친환경적인 면 기저귀에는 없는 부작용이 존재했다.

바로 흡수력과 보송보송함을 높이기 위해 기저귀에 화학적인 처리를 한 탓에 아기들의 피부에 발진이 일어난 것이다.

일회용 기저귀의 판매량은 계속 늘어나고 있는데, 그만큼 아기들의 피부 발진으로 고생을 하는 사례도 비례하여 상승하고 있었다.

그런데 징크옥사이드는 막을 형성하여 세균의 침입을 막아 주는 기능을 지니고 있어, 피부 트러블과 발진을 치료해 주는 피부 연고를 만드는 것도 가능했다.

일회용 기저귀 시장이 점차 커져 가고 있는 와중에 징크옥사이드로 발진 치료제를 만들면 부모들 사이에서 엄청나게 팔려 나갈 터였다.

"나노 징크옥사이드를 페가수스에도 제공해야겠네. 연고를 만드는 방법까지 알고 있으니까, 아예 특허를 등록해서 넘겨줘야겠다."

21세기에는 소비자들의 화장품에 대한 관심이 높아지면서, 화장품에 들어가는 성분들을 관심 있게 들여다보는 소비자들도 많아졌다.

피부에 닿는 화장품들이니만큼 문제가 발생하면 심각한 상황이 벌어졌고, SNS가 크게 발달한 탓에 화장품 하나를 잘못 만들었다간 기업이 휘청이는 경우도 있었다.

그 때문에 원래도 당연한 일이지만 연구원들은 화장품을 제조하는 데 쓰이는 성분들에 더더욱 신중을 기해야 했고, 그만큼 성분 분석에도 많은 시간을 투자해 연구를 진행했다.

그런데 1960년대만 하더라도 화장품에 들어가는 성분들은 공개되지 않았다. 화장품의 성분을 공개하는 것이 제조 공법을 노출시킬 수 있는 탓에, 화장품 업계는 여느 업계와 마찬가지로 자사의 기술을 숨기기 위해 화장품 제조 성분을 감췄다.

그러나 이런 업계 관행들이 여러 큰 사고를 불러일으켰고, 21세기처럼 제조 성분을 명확하게 공개하도록 바뀐 것이었다.

"이 시기엔 적당히 효과를 내기만 하더라도 문제없이 팔리겠지만…… 몸에 좋은 화장품을 만드는 게 연구원의 숙명이지."

차준후는 누구도 강요하지 않았지만 21세기의 화장품 제조 기준을 착실하게 준수했다.

자신의 화장품을 믿고 구매해 줄 소비자들의 안전을 위해 최선을 다하며, 스스로 어려운 길을 걷길 택했다.

화장품은 피부 미용에 큰 도움을 주지만, 안 좋게 말하면 화학물질 덩어리였다.

대부분의 화장품을 제조할 때 불가결하게 사용되는 화학물질 중에는 독성을 지닌 것도 제법 많아, 과도하게 사용할 경우엔 염증이나 홍조를 유발하기도 한다.

그리고 심지어 피부를 건조하게 만들고, 도리어 피부 노화를 앞당기는 경우 또한 존재했다.

그래도 여기까지라면 용법에 맞춰서만 사용하면 일상적인 사용에는 큰 문제가 발생하지 않는다.

진짜 문제는 이러한 부작용을 알면서도 독성을 지닌 화학물질을 과도하게 첨가하거나, 또는 오염된 화학물질을 사용하여 화장품을 제조하는 경우였다.

일례로 2000년대에 대한민국의 화장품 제조사들이 석면에 오염된 활석, 일명 탈크(talc)를 사용한 것이 알려지며 전 세계가 경악한 사례가 있었다.

활석은 광물의 일종으로, 가루를 내서 무언가가 서로 들러붙지 않게 만드는 용도로 주로 활용된다. 파우더 화장품이 가장 대표적인 경우다.

그런데 이 활석이 바로 석면과 함께 생산되는 탓에 문제가 발생한 것이다.

석면은 호흡기를 통해 흡입되면 배출되지 않고 몸속에서 암을 유발하는 극도로 위험한 물질로, 미래에는 생산 및 사용 자체가 금지되는 광물이었다.

그런데 그런 위험한 발암 물질이 검출되는 석면을 이용하여 화장품을 제조했으니 엄청난 난리가 날 수밖에 없었다.

이후 활석의 함량이 무려 30~40%에 달하는 베이비파우더의 경우에는 활석을 식용이 가능한 전분 가루로 대체하여 제조되기 시작했다.

"아, SF 학교 건설에는 석면재를 사용하지 말라고 전달해 둬야겠네."

석면은 절연재나 방열재, 그리고 시멘트에도 섞여 사용되며 건축 자재로 무척 많이 활용됐다. 특히 2000년대 이전에 지어진 거의 모든 학교의 천장 텍스는 석면재를 사용했다.

장차 대한민국의 미래가 되어 줄 학생들이 일상의 대부분을 보낼 학교를 그런 위험한 소재를 써서 지어서는 안 됐다.

"어라? 그러고 보니 지금 이 건물도 석면재가 사용됐겠는데?"

이 당시에는 대부분의 건설사에서 석면재를 통상적으로 사용했을 테니, 아마 이 건물에도 쓰였을 것이었다.

뒤늦게 그 사실을 떠올린 차준후는 경악했다.

그가 회귀하기 직전에는 이미 석면의 사용이 전면적으로 금지되었고, 거의 대부분의 건물들이 석면 제거 공사를 진행한 탓에 인식에서 너무 멀어져 있어서 떠올리는 게 늦고 말았다.

"당분간 직원들에게 휴가를 주고 석면 제거 공사를 진행해야겠네."

차준후가 머리를 긁적거렸다.

* * *

나노 징크옥사이드 특허가 대한민국을 비롯해서 미국과 유럽, 일본 등에 출원됐다. 차준후가 알고 있는 제조법들까지 총망라한 그물망식 특허였다.

이제 나노 징크옥사이드를 제작하기 위해서는 기존에 없던 새로운 방식을 이용하거나 차준후의 특허에 의존해야만 했다.

그런데 특허를 등록하자마자 박태주가 차준후를 찾아왔다.

"대표님, 나노 산화 아연 특허를 등록하셨더군요."

"맞습니다. 나노 징크옥사이드라고 하지요."

"나노 징크옥사이드…… 이름도 어렵네요. 아무튼 혹시 그 나노 징크옥사이드를 국방부 연구소에서 실험해 볼 수 있도록 찬조해 주실 수 있으십니까?"

"음!"

차준후가 잠시 고민에 빠졌다.

이럴 수 있겠다는 생각을 하기는 했다.

산화 아연은 폭약을 만드는 데도 사용되는데, 이는 폭발력을 높이는 효과가 있기 때문이었다.

이미 방위 산업에 대한 제안을 몇 차례나 받은 적이 있기에, 국방력을 높이기 위한 군사정부의 관심이 대단하다는 걸 잘 알고 있던 차준후였다.

그래서 나노 징크옥사이드 특허를 출원하면 정부에서 접촉해 오지 않을까 예상하고 있었다.

잠시 고민에 잠겼던 차준후는 이내 고개를 끄덕이며 입을 열었다.

"알겠습니다. 나노 징크옥사이드를 국방부에 제공하겠습니다."

차준후가 승낙했다.

스카이 포레스트에서 방위 산업에 뛰어들 생각이 없다고 해서, 국방을 위한 연구까지 막아설 수는 없는 일이었다.

그리고 꼭 나쁘게 볼 일만도 아니었다.

이건 누군가를 해치기 위해서가 아니라, 누군가에게서 국민들을 지키기 위함이라고 생각해야 했다.

그리고 그 국민 수호에는 차준호도 포함이었다.

'게다가 북한에서 나를 암살 목표로 하고 있다고 하잖아.'

북한은 차준후를 눈엣가시로 여기고 제거하려고 혈안이 되어 있었다. 최우선 암살 목표가 되었다는 첩보 때문에 주변에 경호원들이 더욱 늘어나 버렸다.

또한 폭약은 군사 분야뿐만 아니라 공사장이나 광산 등에서도 널리 사용됐다. 국방부의 연구가 다른 분야에도 큰 도움을 줄 수도 있었으니 위험하다고 해서 반대만 해서는 안 됐다.

"협조해 주셔서 감사합니다. 혹시 나노 징크옥사이드가 폭약의 재료로 활용되면 뛰어난 효과를 발휘할 수도 있다는 사실을 예상하고 계셨습니까?"

나노 입자 크기 수준의 징크옥사이드는 기존의 징크옥사이드를 활용하여 폭약을 제조했을 때보다 훨씬 더 큰 폭발력을 만들어 낼 수 있을 것이라는 게 국방부 연구원들의 공통된 의견이었다.

만약 이 사실을 차준후가 몰랐다면 찬조를 요청했을 때 의문을 표현할 법도 한데, 아무런 의문도 없이 승낙을 한 것을 보면 그 사실을 차준후도 알고 있던 게 아닐까 박태주는 추측했다.

"예. 예상은 하고 있었습니다."

"역시 알고 계셨군요! 고폭탄을 비롯한 대전차 무기와 무반동포, 곡사포 포탄에 사용하면 아주 제격일 겁니다."

박태주가 나노 징크옥사이드를 활용해 만들어 낼 폭탄들을 열거했다.

적화통일을 부르짖는 북한의 위협을 대비하기 위해 미 정부에 군사적 원조를 요청했으나 거절당했으며, 스카이포레스트에게 방위 산업 진출 또한 무산됐다.

그에 군사정부에서는 다른 방법을 찾기 위해 고민 중이

었는데, 뜻하지 않은 화장품 원료에서 서광이 비쳤다.

폭약의 성능은 곧바로 군사력의 향상과 연결됐다. 무기의 기본이면서도 활용처가 무척이나 다양했기에 무척 큰 도움이 될 것이었다.

"스카이 포레스트에서 직접 나노 징크옥사이드의 군사 연구까지 진행해 준다면 참 좋겠습니다만……."

스카이 포레스트에 유능한 연구진들이 포진해 있는 건 널리 알려진 사실이었다.

인재를 중용하는 차준후는 전 세계에서 뛰어난 인재를 업계 최고의 대우를 약속하며 계속해서 데려오고 있었고, 스카이 포레스트의 성장에는 그들이 커다란 역할을 하고 있었다.

그 사실을 익히 알고 있는 박태주는 국방부 연구소보다 스카이 포레스트에서 연구를 하는 편이 더 좋은 성과를 낼 수 있지 않을까 싶었던 것이다.

만약 스카이 포레스트에서 적극적으로 도와주면 국방력이 향상되는 수준을 넘어, 북한을 압도적인 위치에서 찍어 누를 수 있지 않을까 싶었다.

"불편하게 거절했던 이야기를 계속해서 꺼내시면 나노 징크옥사이드 찬조 이야기는 없던 걸로 할 수도 있습니다."

분명 거절의 뜻을 밝혔음에도 박정하가 포기하지 않고

계속 부탁을 해 오는 탓에 차준후는 이미 몇 번이나 거절을 반복해야만 했다.

처음 한두 번은 그 심정을 이해하기에 그러려니 넘어갔지만, 계속 반복되니 차준후로서도 슬슬 짜증이 날 수밖에 없었다.

차준후는 더 이상 군사정부에서 같은 요청을 반복하지 않도록 단호하게 선을 그으며 불편한 기색을 감추지 못했다.

"험! 그냥 희망 사항을 이야기했을 뿐입니다. 그런 위협적인 발언은 삼가 주세요. 놀란 심장이 밖으로 튀쳐나오려고 합니다."

더 얻으려고 시도했다가 오히려 받은 것도 빼앗길 판이었다. 잘못하면 초상 치르게 생겼기에 박태주는 곧바로 꼬리를 내렸다.

절대로 나노 징크옥사이드를 토해 낼 수는 없었다. 그렇기에 그는 허리를 똑바로 세우면서 반성하고 있다는 표정을 열심히 지었다.

"화장품을 만드는 저도 그런 말을 들을 때마다 심장이 난리를 칩니다."

당치도 않은 방위 산업 진출 제안이었다.

군사정부는 나노 징크옥사이드를 제공받는 걸로 만족해야만 했다. 사람의 욕심은 끝이 없다고 하더니, 하나를 주니까 더 달라고 난리였다.

솔직히 지금만 하더라도 이미 마음이 불편했다.

국방을 위해서라고는 하나, 자신이 개발한 화학물질이 무기를 만드는 데 쓰일 수도 있다는 사실은 무척이나 그를 신경 쓰이게 만들었다.

특히 역사의 수레바퀴대로 흘러간다면 수년 뒤 한국 정부는 베트남 전쟁에 한국군을 파병하게 되는데, 그때 나노 징크옥사이드로 만든 폭약이 활용될 수 가능성도 있기에 더욱 찝찝했다.

차라리 한국군 파병에 대해서 몰랐다면 이렇게까지 마음이 불편하진 않았을 텐데, 미래를 알고 있는 탓에 이런 문제도 발생했다.

그래도 한 가지 위안이 있다면, 나노 징크옥사이드를 활용한 폭약이 발명된다면 베트남 전쟁에 파병을 나가게 될 국군의 인명 피해가 줄어들 수도 있다는 사실이었다.

차준후는 이렇게 된 거 자신이 국방부에 나노 징크옥사이드를 제공하는 게 국군이 살아 돌아오는 데 도움이 되기를 바랐다.

"후…… 알겠습니다. 대표님의 뜻이 강경하다는 것을 의장님께 제가 잘 전달드리겠습니다."

박태주는 이제 한 번만 더 방위 산업과 관련해서 요청했다가는 차준후와의 관계까지 틀어질 수도 있다는 걸

직감했다.

"아, 그런데 스카이 포레스트에서 주한 미군에 케불라라는 새로운 합성섬유로 만든 방탄복을 납품한다는 이야기가 있던데 그게 사실입니까?"

스카이 포레스트는 AKFN의 협조를 받는 대가로 케불라 방탄복을 생산하는 대로 미군에 납품해 주기로 협의를 맺었고, 이 사실은 곧 박정하의 귀에도 흘러 들어갔다.

만약 이게 기존의 방탄복과 별반 차이가 없는 성능을 지니고 있었다면 딱히 신경 쓰지 않았겠지만, 케불라가 어떤 섬유인지 알게 된 박정하는 깜짝 놀라지 않을 수 없었다.

박정하는 이것만큼은 반드시 국군에도 납품받을 수 있도록 차준후에게 잘 이야기해 보라며 박태주에게 특명을 내렸다.

"예, 맞습니다. 개발은 아직이고, 개발이 되는 대로 국군에도 저렴하게 납품하도록 하겠습니다. 이 이야기를 하시려던 거 맞으시죠?"

케불라 방탄복은 상당한 고가에 판매될 예정이었다. 케불라 방탄복의 성능을 생각하면 기존의 방탄복과는 가격에 큰 차이가 있을 수밖에 없었다.

국방력에 대단히 신경을 기울이고 있는 군사정부이긴 하나, 여러 대규모 국가사업을 펼치고 있는 현재 상황에서는 값비싼 케불라 방탄복을 국군에 보급하기엔 사실 무리가 있었다.

그러나 차준후는 대한민국 국군에 가능한 저렴한 가격에 납품할 의향이 있었고, 여차하면 기꺼운 마음으로 기증할 생각이었다.

나라를 지키는 군인들의 목숨을 구할 수 있는 보호 장비이기에 이 정도는 얼마든지 도움을 줄 수 있었다. 가능하다면 베트남 전쟁에 국군이 파병되기 전에 보급될 수 있기를 바랐다.

그리고 그것은 곧 실현된 것으로 보였다.

현재 듀퐁사에서는 케불라를 개발하기 위해 총력을 기울여 여러 가지 실험과 연구를 진행 중이었다. 그리고 연구는 제법 빠른 진척을 보이고 있어 곧 뚜렷한 성과를 낼 것으로 예상됐다.

원 역사대로였다면 듀퐁사는 케불라를 완성시키기까지 제법 많은 시행착오를 겪으며 꽤 지난한 시간을 보내야 했겠지만, 차준후가 원리와 이론을 모두 제시해 준 덕분에 듀퐁사는 순조롭게 연구를 계속 이어 나갈 수 있었다.

그렇게 듀퐁사가 겪는 시행착오가 크게 줄어들며, 케불라가 원 역사보다 빠르게 세상에 모습을 드러낼 수 있게 만들어져 갔다.

듀퐁사는 케불라의 연구를 진행하면 진행할수록 차준

후에 대해 감탄하지 않을 수 없었다.

직접 연구를 해 본 결과, 차준후가 설명했던 원리와 이론들이 정말 전부 맞아떨어졌으니 당연한 일이었다.

천재라고 불리는 이들이 밤낮없이 수년을 연구해도 해결하지 못하는 걸 머릿속으로 뚝딱 해결하는 천재 차준후였다.

적어도 듀퐁사의 사람들에게는 그렇게 보였다.

알고는 있었지만, 연구를 진행할수록 차준후가 생각 이상으로 대단하다는 것을 알게 된 듀퐁사는 그와 더욱 친밀해지기 위해 애썼다.

직접 사람을 보내어 연구 진행 상황을 자세히 설명해 주었고, 곧 가시적인 결과가 나올 것임을 알려 주었다.

무척이나 희소식이었지만 차준후는 마치 당연한 이야기라는 듯 태연한 반응을 보일 뿐이었다.

이는 케불라 개발을 대수롭지 않게 여기기 때문이 아닌, 처음부터 듀퐁사의 역량을 믿었기에 당연한 결과라고 생각했기 때문이었다.

차준후가 케불라의 이론과 원리를 제공했다고는 하나, 이것만 가지고 케불라를 만들어 낼 수 있는 건 아니었다. 이론과 원리는 뼈대일 뿐, 그 뼈대에 살을 채워 넣는 건 또 다른 영역이었다.

차준후는 이것을 해낼 수 있는 건 애당초 듀퐁사만이

가능한 일이라고 생각했다.

"감사합니다."

박태주가 정말로 고마워했다.

소기의 성과는 모두 이루었기에 충분히 만족스러웠다.

나노 징크옥사이드와 케불라 방탄복은 보통의 물건들이 아니었다. 이 두 가지만 하더라도 대한민국 국방력은 크게 향상될 수 있었다.

'차준후 대표를 설득할 수 있었으면 최선의 결과였겠지만……'

가장 바라는 건 스카이 포레스트가 방위 산업에 진출해 주는 것이었으나, 이건 포기해야 할 듯했다.

이미 수차례 거절을 당한 상황이었고, 더 이상 귀찮게 제안을 반복한다면 도리어 정부와 거리가 멀어질 수 있을 만큼 관계가 깨질 수 있다는 예감이 들었다.

'하긴, 스카이 포레스트가 돈이 아쉬운 기업은 아니지.'

방위 산업은 정부에서 제대로 밀어주기만 한다면 엄청난 이익을 벌어들일 수 있는 고부가가치 사업이었다.

박정하는 스카이 포레스트가 방위 산업에 뛰어들기만 한다면 얼마든지 밀어줄 생각이었기에 천문학적인 돈을 버는 게 가능했다.

그러나 스카이 포레스트는 정부의 도움이 아쉬운 기업이 아니었다. 이미 돈이라면 충분히 벌고 있었고, 오히려 정부가 스카이 포레스트에게 도움을 애원하고 있는 판국이었다.

그리고 무엇보다 차준후는 돈을 목적으로 사업을 하는 사람이 아니었다. 그저 하고 싶은 일을 했을 뿐인데, 막대한 돈이 뒤따라올 뿐이었다.

그런 차준후에게 돈을 미끼로 부탁을 해 봤자 먹히지 않는 게 당연했다.

박정하만큼이나 스카이 포레스트가 방위 산업에 뛰어들기를 바랐던 박태주였지만, 이제는 포기하기로 마음먹었다.

하지만 아직 부탁할 것이 하나 더 남아 있었다.

"그리고 의장님께서 대표님을 한번 만나 뵙고자 하시는데, 시간을 조금만 내주실 수 있으십니까?"

매번 이야기를 전하는 박태주도 곤혹스러웠다.

박태주는 박정하와 차준후 양쪽에 끼어서 솔직히 죽을 맛이었다.

왜 이렇게 박정하 의장 만나는 걸 싫어하는 거니.

박정하는 차준후와 될 수 있으면 많은 시간을 보내고 싶어 했다. 이번 나노 징크옥사이드를 비롯해서 의논하고 싶은 일들이 많았다.

박정하가 만나자고 매달리고 있지만 차준후가 매정하게도 거부 의사를 거의 매번 드러내고 있었다.

보통의 사업가라면 강압적으로 끌고 갈 수도 있었지만 차준후는 그게 안 됐다. 군사정부도 차준후의 눈치를 슬금슬금 봐야만 했다.

"제가 요즘 바빠서요. 나노 징크옥사이드를 이용한 제품들도 만들어야 하고, 지금도 곧바로 회의가 예정되어 있습니다. 회의에 들어가야 하니 오늘 대화는 이만 마쳐야 할 거 같습니다."

오늘 회의가 예정되어 있는 건 사실이었다.

다만 지금으로부터 몇 시간 뒤이기에 아직 대화를 나눌 시간은 더 있었지만, 더 이상 질척거리는 박태주와 더 대화하고 싶지 않아 핑계로 사용한 것이다.

"다음에 뵙겠습니다."

하고 싶은 말이 아직 많았지만 박태주가 결국 대표실에서 쫓겨났다.

* * *

2차 세계 대전이 끝난 직후, 동유럽이 도미노처럼 모두 공산화되자 미국과 서유럽 국가들은 커다란 위협을 느껴야만 했다.

이때부터 유럽에서는 공산주의와 자본주의 진영과의 격돌이 첨예하게 이뤄졌다.

무력을 동원한 전쟁만 일어나지 않았을 뿐, 물밑에서는 보이지 않는 정치 전쟁이 치열했다.

냉전이 시작되자 미국과 서유럽 국가들은 공산 진영의 위협에 대응하기 위해 북대서양 조약 기구(North Atlantic Treaty Organization), 통칭 나토라 불리는 조직을 창설했다.

이에 소련은 동유럽 국가들을 모아서 나토에 대항하기 위해 바르샤바 조약 기구(Warsaw Treaty Organization), WTO를 출범시킨다.

WTO의 주된 무기는 전차들로, 무려 3만 대가 넘는 엄청난 수의 전차를 보유하고 있었다.

이는 나토에게 엄청난 위협이었다.

저 잘나가던 독일도 소련의 엄청난 기갑 전력 앞에서 무릎을 꿇지 않았던가.

그렇기에 나토의 회원국들은 막대한 자금과 인력을 투입하여 다양한 무기 개발에 힘쓰고 있었다.

"응? 대한민국에서 새로운 대전차탄을 개발했다고? 이건 무슨 말도 안 되는 소리야?"

주한 영국 대사관에 초대장이 날아들었다.

대한민국 국방부 연구소에서 새로운 포탄을 완성하여, 공개 시험을 하는 자리에 초청한다는 초대장이었다.

군사정부는 정말로 빠르게 움직였다.

빨리빨리 문화는 이미 한국인들의 뼛속까지 깊숙하게 파고들어 있었고, 특히 군대는 더욱 그랬다. 차준후로부터 나노 징크옥사이드를 받자마자 그대로 포탄에 녹여 내는 놀라운 속도를 선보였다.

 곡사포와 무반동포에 들어가는 대전차 포탄이었다.

 이 당시 대한민국의 공업 수준은 영국은커녕 세계 평균 수준에도 미치지 못했다. 그런 대한민국에서 신형 전차탄을 개발해 냈다고 하니 영 믿음이 가질 않았다.

 선진국인 영국조차도 연구 자금을 아끼지 않으며 투입하고 있음에도 아직 기존의 대전차탄에서 좀처럼 발전하지 못하고 있었다.

 그런데 그런 성과를 대한민국이 해냈다고?

 믿을 수 없었다.

 주한 영국 대사는 진위를 확인하기 위해 서둘러 대사관에 소속된 주재 장교를 불렀다.

 "마냥 무시할 수는 없을 듯합니다. 이번에 개발된 포탄에 스카이 포레스트에서 개발한 화학물질이 활용되었다고 하니까요."

 불려온 장교가 자신의 의견을 밝혔다.

 "스카이 포레스트? 거기에서 이제는 군수 분야까지 진출했다는 거야?"

 영국 대사도 스카이 포레스트는 잘 알고 있었다.

본국에서도 스카이 포레스트와 차준후와 친밀하게 지내라는 지시를 내리기도 했다.

"아닙니다. 본래 화장품을 만들 때 사용되는 화학물질인 나노 징크옥사이드만 대한민국 정부에 제공해 준 것이라고 합니다."

"나노 징크옥사이드?"

"산화 아연을 나노 입자 단위로 만든 것이라고 생각하시면 됩니다. 산화 아연은 폭탄을 만들 때 사용되는데, 스카이 포레스트에서 개발한 나노 징크옥사이드가 포탄의 폭발력을 향상시킨 듯합니다."

"스카이 포레스트에서 도움을 준 거라면 신빙성이 있다는 거군."

"맞습니다. 그래서 현재 대한민국 육군과 접촉해서 자세한 정보를 알아보고 있는 중인데, 그들에게도 이번 대전차탄 시험에 대해서 아직 제대로 공유된 바가 없는 것 같습니다. 아무래도 극소수의 사람들에게만 관련 정보를 공유한 것으로 사료됩니다."

"스카이 포레스트에 연락은 취해 봤나?"

"소식을 듣고 곧바로 연락을 취해 봤지만, 자신들이 할 이야기는 없다고만 말하고 있습니다."

"이렇게 나를 초대한다는 건 이미 성능이 확인되었다는 소리일 텐데……."

"확인해 봐야겠지만 미국과 서독, 프랑스 등 각국 대사관에 모두 초대장을 보냈을 수도 있습니다. 우리 영국에만 보내지는 않았을 겁니다."

주한 영국 대사는 잠시 생각에 잠기더니 입을 열었다.

"이번에 대한민국에서 개발한 대전차탄이 기존의 포탄보다 뛰어난 성능을 가지고 있는지를 확인해 봐야겠군."

대한민국에서 대전차탄을 개발했다 한들, 그것이 영국을 비롯한 선진국에서 사용하고 있는 포탄들보다 뛰어난 성능을 가지고 있는지는 확인을 해 보기 전까지 알 수 없는 일이었다.

그러나 만약 더 뛰어난 성능을 보인다면, 어떻게든 수입을 하든 기술 제휴를 맺든 해야만 했다.

압도적인 기갑 전력을 보유한 소련의 위협에 대비하기 위해서는, 보다 뛰어난 대전차탄을 확보할 필요가 있었다.

장교의 예상대로 대한민국 국방부의 초대장은 미국과 서독, 프랑스 등 대한민국에 주재하고 있는 모든 대사관에 전달되었다. 그리고 대한민국이 새로운 포탄을 개발해 냈다는 소식은 빠르게 그들의 본국으로도 전해졌.

더불어 초대장 가운데 한 장은 스카이 포레스트로 향했다. 이번 대전차탄의 아버지라 할 수 있는 존재가 바로 차준후였기에 당연한 초대였다.

* * *

 대전차탄 시험장에는 각국의 대사들과 장교, 그리고 주한 미군 관계자들이 한데 모여 있는 좀처럼 볼 수 없는 광경이 펼쳐졌다.
 그리고 그런 장소에 차준후가 등장했다.
 등장하자마자 곧바로 그의 주변으로 사람들이 몰려들었다.
 "다시 만나서 반갑습니다, 차준후 대표. 듣기로는 이번에 시험하는 포탄의 재료로 사용된 새로운 화학물질이 스카이 포레스트에서 만들어 낸 것이라고 하던데, 이런 게 있었다면 저번 만남에서 이야기해 주셨으면 좋았을 텐데요."
 차준후를 발견하고 다가온 폴 디온이 반가운 한편, 서운한 마음을 드러냈다.
 공산 진영과의 대결로 미국을 비롯한 자유진영이 군비 확충에 나서고 있었다. 신형 무기 개발에 가장 공을 들이고 있는 나라가 바로 미국이었다.
 미국 군수업체들은 무기 연구에 온 힘을 쏟고 있었지만 아직 많이 부족했다. 이런 상황에서 대한민국에서 그 실마리를 찾았다는 건 참으로 예상외였다.
 그리고 이런 예상을 깨뜨린 장본인이 바로 눈앞의 차준

후였다.

"당시에는 아직 개발되지 않았던 물질입니다."

"음. 그랬군요. 그렇다면 개발된 지 얼마 되지 않은 물질을 가지고 벌써 포탄을 만들어 냈다는 건데…… 대한민국의 기술력도 상당하군요."

폴 디온은 포탄도 포탄이지만 차준후가 새롭게 만들어 낸 신소재에 주목했다. 신소재가 미사일과 로켓 등에도 활용이 가능할 수 있기 때문이었다.

"저도 이렇게 빠르게 만들어 낼 줄은 생각지 못했습니다."

진짜였다. 설마 자신이 나노 징크옥사이드 화장품을 만들어 내는 것보다 빠르게 포탄을 개발할 줄은 상상치 못했다.

그렇게 차준후와 폴 디온이 담소를 나누고 있을 때, 곁으로 다른 이가 다가왔다.

"그간 격조했습니다. 차준후 대표."

"여기에서 뵙네요."

"차준후 대표가 영향력을 행사한 포탄을 시험한다고 해서 바로 달려왔지요."

덴마크 대사 알버트 요한이 차준후와 이야기를 주고받았다. 주변에는 그 말고도 차준후와 인사할 사람들이 잔뜩 몰려 있었다.

"저번에도 한 번 뵙었지요?"
"아! 기억하고 있습니다."
"저는 처음으로 인사드립니다. 스웨덴 대사로 있습니다.
"잘 부탁드립니다."
 차준후가 몰려든 사람들과 이야기와 소개를 주고받고 있을 때였다.
 수행원과 경호원들을 대동한 박정하가 시험장에 웃으면서 모습을 드러냈다.

제10장.
화장품 성분 표시 제도

화장품 성분 표시 제도

"공사가 다망할 텐데, 이렇게 자리를 해 주셔서 감사합니다. 오늘 선보일 전차탄에 대해 궁금함이 많으실 텐데, 사실 저도 어제 궁금해서 잠을 제대로 이루지 못했습니다. 다들 기다리고 계실 테니 곧바로 시험을 진행하도록 하겠습니다."

박정하는 연설을 지루하게 이어 나가지 않은 채 곧바로 관계자들에게 전차포탄 화력 시험을 진행하도록 지시 내렸다.

다른 사람들처럼 그도 눈으로 직접 이번 화력 시험을 빨리 보고 싶었다.

"자, 차준후 대표! 차준후 대표는 저와 함께 여기서 구경하도록 합시다."

박정하가 자신의 옆자리를 가리키면서 이야기했다.

좀처럼 만나기 힘든 차준후였기에 이렇게 기회가 있을 때 조금이라도 더 함께 시간을 가지려고 하는 그였다.

"음...... 알겠습니다."

솔직한 마음으로는 박정하와 딱히 붙어 있고 싶지 않은 차준후였지만, 아무래도 바로 눈앞에서 하는 요청까지 차마 거절하기는 어려웠다.

그들이 참관하고 있는 관측장 실내에는 두 사람을 제외하면 경호원들과 수행원이 전부였다. 차준후와 편하게 대화를 나누기 위해 박정하가 마련한 별도의 공간이었다.

"차준후 대표가 나노 징크옥사이드를 지원해 준 덕분에 이렇게 전차포탄을 개발하여 귀빈들에게 선보일 수 있게 됐습니다. 이 자리를 빌어 고맙다는 말을 전합니다."

"아닙니다. 대한민국 국민으로서 나라를 위해 도울 수 있는 도와야지요."

"요즘 사업하는 데 있어서 불편한 점은 없습니까?"

"신경 써 주시는 덕분에 딱히 불편한 부분은 없습니다."

사실 딱히 박정하에게 도움을 받을 건 없었다.

애당초 차준후는 불편이 있어도 딱히 박정하의 도움이 없더라도 스스로 처리할 수 있는 능력이 있었다.

이제 대한민국의 경제는 스카이 포레스트가 움켜잡고 있다고 해도 과언이 아니었다. 차준후가 마음먹고 움직이면 대한민국 경제가 멈출 수도 있었다.

"없다고 하니 다행입니다. 그래도 혹시나 불편한 부분이 있으면 언제라도 전화를 주십시오. 심야에 전화를 해도 기꺼이 받을 겁니다."

박정하의 얼굴에 웃음꽃이 피어났다.

차준후 덕분에 각국의 대사를 모아 놓고 대한민국의 국방력과 기술력을 알릴 수 있게 되었다.

기술력?

사실 딱히 없었다. 그저 포탄에 들어가는 성분 하나를 바꿨을 뿐이었다.

그 바꾼 성분이 포탄의 성능을 크게 올려 줬다.

그렇지만 그 바뀐 성분이 바로 기술력이라고 말할 수 있다.

그간 어떻게든 북한의 위협에 대비하기 위해 미국을 비롯한 국가들에게 고개를 숙이며 원조를 부탁해야 했는데, 당당하게 대한민국의 기술력만으로 대전차탄을 만들어 낸 것이었다.

쿠르르릉! 쿠르르릉!

전차탄 시험장으로 M47 패튼 전차가 육중한 모습을 드러냈다.

"M47 패튼 전차입니다. 주한 미군에서 M48 패튼 전차를 운용하게 되면서 남게 된 M47 패튼 전차를 받아서 사용하고 있죠."

 미국은 한국전쟁에 참전하게 되며 급히 새로운 전차를 개발하게 되는데, 그때 탄생한 것이 바로 M47 패튼 전차였다.

 그러나 급하게 개발, 생산을 한 탓인지 M47 패튼 전차에서는 수많은 기술적 결함이 발견되었고, 그 탓에 미국은 곧바로 신형 전차인 M48 패튼 전차를 개발하여 교체하였다.

 그리고 이제는 2세대 전차라고 할 수 있는 M60 전차까지 개발된 상황이었다.

 그런데 대한민국에서는 아직도 기술적 결함이 있는 구형 전차를 운용하고 있는 상황이었으니 박정하로서는 그간 아쉬움이 남을 수밖에 없었다.

 "그런데…… 이건 아직 대외비인데, 이번 대전차탄 화력 시험의 결과에 따라, 미군의 M48 전차를 원조받는 조건으로 대전차탄의 기술 제휴와 수출을 진행하기로 약조했습니다."

 미국은 발 빠르게 움직였고, 미국이 기술을 지원하여 포탄을 공동 생산하기로 이미 합의를 해 놓은 상태였다. 이는 대한민국의 방위 산업을 강화하는 발판이 될 수 있었다.

 미국은 벌써부터 나노 징크옥사이드의 가능성을 주목

하고 있었다. 게다가 나노 징크옥사이드는 군사 분야 외에도 산업 전반에 사용될 수 있는 기초 재료였다.

"그래요?"

M48 패튼 전차는 대한민국 국군이 베트남 전쟁에 참전한 것에 대한 보상으로 대한민국에 공여됐다. 그런데 이제 그런 역사가 바뀌려 하고 있었다.

"모두 차준후 대표의 덕분입니다."

박정하의 얼굴에 웃음꽃이 활짝 핀 이유였다.

그동안 여러 차례 원조를 요청했음에도 계속해서 거절해 왔던 미국이 신형 포탄으로 인해 방침을 선회했다.

소련의 기갑 전력을 매우 위협적이었기에 대전차탄은 무척이나 중요했고, 그 가치를 높게 인정받았다.

"의장님, 귀마개를 착용하시겠습니까?"

이제 곧 전차 포격이 있다는 안내 방송이 나오자 경호원이 귀마개를 가지고 다가왔다. 지근거리에서 지켜보는 전차 포격음은 엄청나게 거대했다.

"괜찮네. 차준후 대표는 착용하실 겁니까? 생각보다 전차 포격음이 큽니다."

"저도 착용하지 않겠습니다."

차준후는 생생하게 포격음을 듣고 싶었다. 흔치 않은 기회였다.

"남자답군요."

별거 아닌데도 칭찬하는 박정하였다. 그냥 차준후의 모든 언행이 이쁘게 보이는 모양이었다.

콰앙!

M47 전차가 불을 뿜었다.

전차에서 튀어나온 포탄이 목제 모형에 균질압연강판을 덧댄 북한 전차를 직격했다.

쿠콰콰쾅!

포탄이 균질압연강판을 뚫고 들어가면서 북한 전차 모형이 폭발했다.

"됐다. 됐어! 성공이야!"

박정하가 주먹을 불끈 쥐고 있었다.

"정말 화끈하네요. 보는 맛이 있습니다."

차준후도 온몸에 전율이 흐르는 걸 느꼈다.

밀리터리 매니아, 밀덕들이 왜 등장하는지 이해할 수 있었다. 취향은 아니지만 그래도 가끔씩 전차들의 화력시험을 구경하면 속이 뻥 뚫릴 것만 같았다.

"정말 신형 포탄의 파괴력이 남다르네."

"균질압연강판을 종잇장처럼 꿰뚫고 들어가는군."

"스카이 포레스트가 관여한 일이기에 잘될 줄은 알았는데, 기대 이상이야."

하나씩 망원경을 지참한 채 신형 포탄의 화력 시험을 지켜보던 참관인들이 저도 모르게 자리에서 일어나 감탄을 토했다. 그만큼 충격적인 장면이었다.

"차준후 대표의 천재성에는 혀를 내두를 수밖에 없네."

"군수 분야에까지 천재적인 면모를 드러낼 줄은 몰랐습니다."

"분야를 가리지 않아."

"차준후의 재능은 진짜인 거지. 어느 분야라도 무조건 대단한 업적을 남길 수 있는 거라고."

"지금이라도 미국으로 귀화를 시키고 싶네."

미국은 차준후를 자국민으로 만들고 싶어 했다.

주한 미군을 비롯해서 대사관 사람들은 이번 신형 포탄 시험을 지켜보면서 더욱 그런 생각이 들었다. 차준후의 귀화를 성공시킨다면 공산 진영과의 대결에서 더욱 우위에 설 수 있겠다는 의견이 지배적이었다.

이어서 곡사포와 무반동포까지 다른 신형 포탄의 화력 시험도 진행되었고, 모두 결과는 대성공이었다. 세계 각국의 주력 전차에 사용되는 포탄들보다도 위력적이라는 결과가 나왔다.

"스카이 포레스트에서 관여하면 포탄도 달라지는구려."

"한시라도 빨리 수입해야 할 것 같군요."

"그렇지 않아도 국경선에 배치된 공산 진영의 기갑 전력 때문에 압박이 심해 골치가 아팠는데, 우리 자유주의 진영에서 이런 위력적인 신형 포탄이 개발되어 정말 다행입니다."

 대한민국 국군의 신형 포탄 시험을 직접 목도한 각국 관계자들은 본국에 시급히 이 포탄들을 수입해야 한다는 의견을 피력했다.

 예나 지금이나 군수 사업은 굉장히 고부가가치 사업이었다. 대현조선소를 시작으로 고부가가치 사업이 시작될 것이라 예상되었건만, 나노 징크옥사이드로 인해 예상치도 못하게 대한민국의 엄청난 고부가가치 사업이 만들어지게 되었다.

 스카이 포레스트가 방위 산업을 고사한 덕분에 이번에 시험한 신형 포탄은 대한화약에서 생산을 시작했고, 신형 포탄의 지분을 군사정부에서 상당 부분 차지할 수 있었다.

 군사정부는 그저 중간에서 스카이 포레스트에게 나노 징크옥사이드를 받아서 넘겨주는 중개 역할만 했을 뿐임에도 많은 이득을 누릴 수 있게 되었다.

 그리고 그 덕분에 텅 비어져 있던 대한민국의 국고가 가득 채워지기 시작했다.

* * *

 화장품은 출시 전부터 성패가 결정된다고 말할 수 있을

만큼 마케팅과 광고가 중요했다. 그리고 이런 광고의 귀재로 평가받는 사람이 바로 차준후였다.

이번에 스카이 포레스트는 나노 징크옥사이드를 활용해 만든 스킨케어 신제품들을 시작으로, 기존의 쿠션 제품들까지 새롭게 리뉴얼했다.

스카이 포레스트의 신제품 출시 소식을 접한 CBS 방송국의 뷰티 월드 제작진이 찾아왔다. 그간 뷰티 월드는 스카이 포레스트 관련 영상으로 많은 재미를 봐 왔고, 이번에도 그걸 노렸다.

"안녕하세요, 차준후 대표님. 시청자 여러분께 인사 부탁드릴게요."

뷰티 월드의 켈리 마리아가 차준후에게 이야기했다.

"안녕하십니까. 차준후입니다. 이번에 나노 징크옥사이드를 활용한 새로운 스킨케어 화장품을 비롯한 여러 제품들을 가지고 다시 여러분을 찾아왔습니다."

머리에서 발끝까지 코디네이터의 손길에 맡긴 차준후의 모습은 매우 매력적이었다. 그냥 의자에 앉아 있는 것만으로도 빛이 나는 것처럼 보였다.

"물어보고 싶은 게 정말 많은데요. 나노 징크옥사이드라는 게 뭔가요?"

"징크옥사이드는 물에 용해되지 않는 화학물질로, 기존에도 다양한 화장품에 사용되고 있었습니다. 그런데 이번에 스카이 포레스트에는 이 화학물질을 나노 단위로 미세한 입자로 만들어 내어, 기존의 징크옥사이드로 만들던 화장품들보다 훨씬 뛰어난 기능 효과를 볼 수 있습니다. 보다 깨끗하고 자연스러운 아름다움을 추구할 수 있는 것이죠."

"대표님 말씀을 들어 보니 저에게 꼭 필요한 화장품이라는 생각이 드네요."

"모든 분들에게 사랑을 받을 수 있는 나노 징크옥사이드 화장품입니다."

"자신감이 대단하시네요. 이번에도 소비자들에게 사랑을 받을 수 있다고 확신하고 계시는 거군요."

"물론이죠. 제가 만들었고, 지금까지 세상에 없던 화장품이니까요. 아름다움을 추구하는 소비자들의 욕구에 딱 들어맞는 제품입니다."

차준후는 항상 시장에 잘 팔리는 제품을 생각하고, 또 출시했다. 평소 즉흥적으로 움직이는 경향이 강했지만 본업인 화장품에서는 다 계획이 있었다.

"대표님을 볼 때면 의문점이 들 때가 많아요. 어떻게 매번 이렇게 소비자들의 사랑을 듬뿍 받는 혁신적인 화장품을 개발해 내실 수 있는 거죠? 어려우시더라도 조금만 답변을 해 주세요."

"음! 생각을 하다 보면 머릿속에 영감이 떠오르고는 합니다. 그리고 연구를 통해 제 영감이 옳다는 걸 증명하고, 또 그걸 바탕으로 화장품을 만들고는 합니다."

차준후가 적당히 포장했다.

회귀하면 다 할 수 있어.

이렇게 대답할 수는 없는 노릇이었다.

진실을 밝혔다가는 정신병자 취급을 당할 수 있었고, 혹시라도 비밀 연구소로 끌려가서 연구 재료로 활용당하는 끔찍한 사태가 벌어질 가능성도 있었다.

회귀 사실은 그만의 영원한 비밀로 남아야 했다.

"역시 세간에서 말하는 대로 천재이시네요."

차준후를 바라보는 켈리 마리아의 눈빛에는 천재에 대한 존경이 듬뿍 담겨 있었다.

그 눈빛이 무척이나 부담스러운 차준후였다.

그렇지만 뻔뻔하게도 내색하지 않은 채 아무렇지 않은 듯 당당함을 유지했다. 카메라에 비치는 그의 모습은 천재여야 했으니까.

시청자들은 그를 천재로 인식해야만 했고, 그 인식은 화장품 판매에 큰 도움이 됐다. 천재의 도도한 모습도 마케팅의 일환이었다.

"이번 화장품 출시에 있어서 커다란 변화를 주셨다고 들었는데요. 그게 무엇인가요?"

"화장품에 들어가는 성분들을 표시했습니다."

"네? 그러면 다른 화장품 회사들이 그 제품의 성분을 분석해서 똑같은 제품을 만들 수도 있지 않나요?"

"그럴 가능성이 없다고 할 수는 없겠지요. 하지만 저는 화장품의 제조 성분을 숨기는 시대는 끝나야만 한다고 생각합니다. 소비자들이 화장품을 구매할 때, 화장품에 포함된 성분을 충분히 확인할 수 있어야 한다고 생각하기 때문입니다."

"왜 성분을 알아야 하나요?"

"화장품에 들어가는 성분들은 다양합니다. 그리고 그 성분들이 화학적인 작용을 일으켜서 피부에 다양한 효과를 일으키는 거지요. 화장품은 소비자들에게 유익하게 사용되어야 하는데, 간혹 부작용이 나오고는 합니다. 저는 소비자들이 자신의 피부에 맞는 성분이 들어간 화장품을 구매해야만 한다고 생각합니다."

차준후가 자세하게 설명했다.

지금까지 소비자들은 화장품을 구입할 때 어떤 성분이 들어갔는지 확인할 수 없었다. 그 성분을 정확하게 파악하려면 별도로 연구소에 성분 검사 의뢰를 해야만 한다.

이것이 유일한 방법이다.

그러나 개인이 이 방법을 사용하기에는 지나치게 많은 비용이 들어간다.

화장품 심각한 부작용이 터져야만 정부나 소비자 단체

가 나서서 성분 분석을 의뢰하고는 한다. 이처럼 화장품 성분이 가려진 것은 업체들이 관련 내용을 공개하길 꺼려 하기 때문이다.

소 잃고 외양간 고치는 격이었다.

이런 현실을 차준후는 더 이상 좌시하지 않기로 했다.

"대표님의 말씀은 화장품들의 부작용이 잇따라 발생하고 있는 가운데, 스카이 포레스트의 화장품 성분 표시는 소비자들의 정보 접근성을 높여 주는 혁신적인 정책이라는 말씀이시군요."

"기업은 소비자가 정보에 기초한 결정을 내릴 수 있도록 검증된 명확한 정보를 제공해야 할 의무가 있습니다."

차준후의 말에는 소비자를 생각하는 깊은 울림이 있었다.

"소비자들을 생각하시는 대표님의 마음이 너무 와닿네요."

켈리 마리아가 만족스러운 웃음을 지었다.

그럴 수밖에. 이 혁신적인 화장품 성분 표시 제도는 시대를 엄청나게 앞선 것이니까.

1960년대의 여성들에게는 환상적인 이야기였다.

여성 시청자들이 절대다수를 차지하고 있는 뷰티 월드 프로그램을 통해 차준후의 발언은 엄청난 화제를 불러일으킬 것이 확실했다.

신제품 화장품에 대한 인터뷰로 그칠 줄 알았는데, 폭탄 발언이 나왔다.

 '특종이야! 차준후 대표와의 인터뷰를 이래서 끊을 수가 없다니까.'

 켈리 마리아는 바다를 건너 대한민국까지 온 보람이 있다며 크게 기뻐했다. 그녀와 함께 온 카메라맨과 작가 등 뷰티 월드 촬영진들도 모두 환하게 웃고 있었다.

 이후로도 뷰티 월드의 인터뷰는 따뜻한 분위기 속에 이어졌다.

 그리고 촬영된 인터뷰는 곧 태평양을 건너 미국에서 방영되었다.

 뷰티 월드에서 스카이 포레스트의 신제품 소식을 접한 미국인들은 커다란 관심을 드러냈다.

 "스카이 포레스트의 대표는 말을 참 예쁘게 한다."

 "소비자들을 위해서 경쟁사들이 따라 할 수 있는 위험을 감수하면서까지 화장품의 제조 성분을 표시한다는 거잖아?"

 "그동안 비싼 화장품을 구매하면서도 어떤 재료를 사용하는지 몰라서 찝찝했어. 한번은 고가의 프랑스 화장품을 구매했는데, 그 제품에 알레르기가 있는 성분이 포함되어 있어서 피부 트러블이 일어났다고."

 "화장품의 제조 성분을 알면 훨씬 마음 놓고 구매할 수 있겠어."

차준후의 발언은 소비자들의 마음에 깊이 파고들었다.

복잡하고 생소한 화학물질이 피부에 어떤 작용을 하는지 알고자 하는 소비자들이 늘어났다.

화장품이 화학용품 덩어리라는 사실을 알고 있는 사람들도 있었는데, 차준후의 발언으로 인해 더욱 신경을 쓰게 됐다.

화장품의 브랜드와 격보다 성분을 먼저 따지는 사람들이 생겨났다.

화장품 전 성분 표시 제도!

소비자의 알 권리를 확보하고, 부작용 발생 시 신속한 원인 규명 및 대처가 가능하도록 화장품의 모든 성분을 표시하는, 미국에서는 1970년대 후반에 시행된 제도였다.

그런데 이것이 십수 년이나 앞당겨져 도입될 수 있도록 스카이 포레스트가 불을 지폈다. 소비자들을 위한 차준후의 선구적인 움직임이었다.

그리고 이러한 차준후의 행보는 소비자들에게 커다란 반응을 불러일으켰다.

스카이 포레스트에서 당당하게 화장품의 제조 성분을 표시하자, 안전한 화장품이라는 인식이 생기며 지금까지 다른 브랜드의 화장품을 쓰던 이들도 스카이 포레스트

제품으로 바꾸기 시작한 것이었다.

"이번에도 신제품은 대한민국에서만 첫 출시하네."

"한국인들은 스카이 포레스트의 신제품을 가장 빨리 사용해 볼 수 있는 정말 좋겠다."

"왜 부러워만 하는 거냐? 나는 한국으로 날아가려고 휴가 냈다."

"화장품 하나 사려고 몇 번이나 비행기를 갈아타는 건 아무래도 너무 힘들잖아. 조금만 기다리면 미국에서도 출시할 텐데 좀 기다리지 뭐."

"쯧쯧쯧! 얘는 소식이 한참 늦네. 한국행 직항편이 생긴 지가 오래다."

"뭐라고? 정말이야?"

"스카이 포레스트에서 SF 항공이라는 항공사를 세웠는데, 거기서 직항 노선을 운영하고 있다고."

SF 항공은 가장 먼저 한국과 미국을 직항으로 연결한 노선을 만들었고, 덕분에 수많은 한국인과 미국인들은 서로 오갈 때 편안해졌다.

이제는 더 이상 번거롭게 일본이나 홍콩 등에서 갈아탈 필요가 없게 되었다.

"그럼 나도 대한민국으로 갈래."

"가자! 대한민국으로!"

스카이 포레스트의 신제품이 대한민국에서만 사전 출

시되며, 수많은 미국인이 대한민국을 찾기 시작했다.

그동안은 딱히 관광지라 할 만한 것이 부족한 한국을 찾을 이유가 없는 탓에 한국행 비행기는 빈 좌석이 제법 많았는데, 스카이 포레스트의 신제품 출시 이후 한국행 비행기는 모두 만석이었다.

화장품 신제품 출시와 맞물려 SF 항공은 사업 시작부터 순항을 하게 됐다.

* * *

「나노 화장품 세계 최초 출시.」

「스카이 포레스트가 이번에도 스카이 포레스트답게 해냈다.」

「나노 징크옥사이드 화장품을 구매하기 위해 미국인들이 날아온다.」

「차준후 대표의 혁신은 어디까지인가? 끝이 없다.」

「오랜만에 신제품 화장품을 선보인 스카이 포레스트. 예약 주문이 끝도 없어 밀려들어 행복한 비명을 지르다.」

「나노 징크옥사이드는 단순히 화장품에만 사용되는 물질이 아니다. 배터리, 타이어, 화약, 고무, 플라스틱 등 사용처가 무궁무진하다.」

나노 징크옥사이드 화장품과 샴푸와 비누 등이 대한민국에서 세계 최초로 출시됐다. 그리고 나노 징크옥사이드 의약외품 연고에 대한 서류가 대한민국 식약청과 미국 FDA에 정식으로 접수됐다.

신제품 출시와 함께 스카이 포레스트에서는 소비자들을 끌어들이기 위해 이번에도 광고와 마케팅을 대대적으로 펼쳤다.

"와아! 드디어 스카이 포레스트에서 새로운 화장품을 내놓았다."

"기다리고 있었다고."

"기다리다가 목 빠지는 줄 알았네."

"이번에는 신제품 출시까지 오래 걸렸어."

"다른 화장품 제조사들이랑 비교하면 이것도 엄청 빠른 거야. 다른 브랜드들은 혁신적인 신제품 하나를 개발하는 데만 몇 년씩 걸린다고."

"하긴, 다른 브랜드들에서는 매번 비슷한 제품들만 출시되고 아예 색다른 제품이 출시되는 건 보기 드물지."

스카이 포레스트의 화장품들로 인해 한국 소비자들의 눈은 굉장히 높아졌다.

1950, 1960년대에는 세관을 피해 외국의 화장품이 밀수입되어 굉장한 인기를 끌었는데, 품질이 더 좋고 가격도 저렴한 스카이 포레스트 화장품이 있으니 비싼 돈을

줘 가면서 해외 화장품을 사용하는 사람들은 사라지게 되었다.

"그런데 포장지에 뭐가 이렇게 적혀 있는 거야?"

"화장품에 포함된 모든 성분을 표시한 거라더라. 어떤 성분으로 만들어졌는지 알고 써야 한다는데, 생각해 보니 맞는 말이야. 소중한 내 얼굴에 바르는 건데 지금까지 뭔지도 모르고 발라 왔던 게 이상한 일이었어."

스카이 포레스트는 이번에 출시한 신제품들부터 포장 박스에 화장품에 포함된 모든 성분을 표기했다.

화장품 전 성분 표시 제도는 미국에선 1970년대 후반에 시행되지만, 대한민국에서는 놀랍게도 2008년에 이르러 처음 시행됐다. 그 전까지는 보건복지부에서 지정한 성분들만 일부 표기해 왔다.

차준후는 경제력, 기술력 같은 것들만 선진국을 따라잡으려고 할 것이 아니라, 이러한 국민들을 위한 제도들 또한 개선되어야 진정한 선진국이라 자부할 수 있는 것이라 생각했다.

물론 소비자들로서는 그렇게 성분이 표기되어 있다고 한들 그게 무슨 성분인지 이해할 수 없는 탓에 이 또한 개선할 여지가 있었지만, 이렇게 첫걸음을 내디뎌야 변화가 시작된다고 여겼다.

그리고 실제로 소비자들은 화장품이 뛰어난 효능뿐만

아니라, 치명적인 부작용도 뒤따를 수 있다는 것을 인식하며 화장품의 성분들을 이해하려는 노력을 하기 시작했다.

그리고 왜 다른 제조사들은 이렇게 성분을 표시하지 않는 거냐고 공분을 드러냈다.

그에 예상치 못하게 튄 불똥을 맞은 다른 화장품 회사들은 길길이 날뛰었다.

- 젠장! 망할 놈의 스카이 포레스트! 도대체 무슨 말도 안 되는 짓을 저지른 거야?
- 화장품에 포함되는 성분을 모두 표시하면 제조법이 노출될 수도 있는데, 이건 회사의 기밀 정보를 다 까발리라는 거잖아!
- 어떻게든 스카이 포레스트가 더 이상 성분 표시를 하지 못하게 만들어야 한다.
- 천둥벌거숭이처럼 날뛰네. 미꾸라지 한 마리가 흙탕물을 만든다고 하더니, 딱 그 짝이야.

그동안 화장품 회사들은 자신들이 제조한 화장품에 포함되는 성분들을 철저히 비밀에 부쳐 왔다.

이는 제조법을 감추기 위함도 있었지만, 사실 싸구려 원료를 사용했다는 걸 숨기기 위한 목적이 컸다.

그간 여러 화장품 회사들은 다양한 향과 색소를 섞어, 겉으로 느껴지기엔 소비자들이 직접적으로 느낄 수 있는 것들을 꾸미는 데 애썼다.

소비자들은 색이 이쁘거나, 향이 아름답다는 이유만으로 괜찮은 화장품이라고 착각을 하여 구매하기도 했기 때문이다.

향과 색을 이용하여 싸구려 원료를 사용해 만든 화장품을 고급스럽게 탈바꿈하는 건 어려운 일이 아니었다. 그리고 제품의 효능보다도 이렇게 겉으로 드러나는 요소들이 매출을 증대시키는 데 더 효과적이기도 했다.

차준후가 직접 인터뷰까지 하면서 스카이 포레스트의 화장품들을 선전하는 것도 이런 목적을 가지고 있었다.

일단 유명해지고 봐야 화장품이 팔렸다. 아무리 좋은 화장품이라고 해도 마케팅에서 실패하면 판매가 신통치 않았다.

1960년대에는 소비자들에게 제품을 어필할 수 있는 방법이 많지 않았다. 그렇기에 화장품 회사들마다 마케팅비로 엄청난 자금을 쏟아부었다.

광고 전쟁이 특히 치열했다. 광고 한 편 잘 만들어 내면 화장품의 품질이 떨어지더라도 성공할 수 있었다.

지금껏 화장품 회사들은 이런 식으로 생존해 왔다.

그런데 스카이 포레스트로 인해 화장품 회사들의 생존

법이 송두리째 흔들리게 되어 버렸다.

 스카이 포레스트는 성분 정보에 대한 투명성이 담보되어야 화장품 대중화 시대를 앞당길 수 있다고 주장했다.

 업계 최고의 전문가이자 혁신적인 사업가로 알려진 차준후의 발언은 엄청난 파장을 불러일으켰다. 한 번의 인터뷰로 그치지 않게 계속해서 화장품 성분 표시 제도의 필요성을 역설하였다.

제11장.

LNG 산업

LNG 산업

 차준후의 언론 마케팅으로 화장품 안전성에 대한 우려가 커지면서 화장품 성분을 공개하라는 소비자 단체들의 주장이 점점 강해지고 있었다.

 화장품 역사에 중요한 전환점이었다.

 지금 당장은 아니더라고 화장품 성분 표시가 가시화되고 있다는 걸 화장품 회사들은 실감하고 있었다.

 - 망할 놈의 스카이 포레스트! 제발 망해 버려라.

 - 이제는 성분들을 신경 써 가면서 화장품을 만들어야만 한다. 독성이 강한 성분을 사용하다가 발각되면 난리가 날 수도 있으니까.

 - 이제 좋은 날은 다 갔다. 앞으로는 꼼꼼하게 성분까

지 체크해야만 해.

- 잘난 것은 알겠는데 스카이 포레스트 놈들은 왜 이렇게 시장을 어지럽히는지 모르겠다.
- 그래도 스카이 포레스트의 바라보는 방향이 옳다고 본다. 소비자들에게 친숙하게 다가서야만 해. 비밀을 지킨다고 외면했다가는 소비자들에게서 멀어지게 될 거야.

스카이 포레스트의 화장품 성분 표시 정책을 따라 하는 기업들이 속속 등장했다. 시대의 흐름이라는 걸 알았기에 어쩔 도리가 없었다. 계속 반대했다가는 소비자들의 외면을 받아서 매출이 떨어지게 된다.

이제껏 이런 제도는 없었지만 스카이 포레스트가 만들어 내 버렸다.

최초의 화장품 성분 표시 제도 원조 기업으로서 스카이 포레스트의 위상이 더욱 높아졌다. 그리고 차준후의 명성은 하늘 높이 비상하였다.

- 진정으로 소비자들을 생각해 주는 화장품 기업은 스카이 포레스트뿐이다.
- 맞아. 다른 기업들은 화장품 성분 표시 정책을 외면하고 있잖아.
- 혁신적인 화장품을 만들어 내는 스카이 포레스트도

성분을 밝히고 있잖아. 무슨 대단한 화장품을 만든다고 성분을 안 밝히나 모르겠네.

 소비자들의 반응이 스카이 포레스트의 혁신적인 정책을 환영하고 있었기에 무시할 수만은 없었다. 무시할 수 없다면 재빨리 진영을 갈아타는 것이 현명했다.
 불만이 많다고 해서 침몰하는 배에 계속 탑승해 있는 건 어리석은 일이었으니까.

 - 우리 기업은 스카이 포레스트의 화장품 성분 표시 정책에 동참합니다.
 - 플레인 회사도 동참합니다.
 - 좋은 정책은 함께해야지요.

 소비자들에게 친숙하게 다가서려는 화장품 회사들이 계속 늘어났다.

* * *

 화장품 업계에 지각 변동을 일으키게 만든 거대한 돌덩어리를 던져 버린 차준후는 덴마크 산업기술연구소에 와 있었다.

은빛으로 빛나는 환상적인 공간은 무척 아름다웠다. 그 거대한 크기에 탄성이 절로 튀어나올 수밖에 없었다.

"멋지네요."

"차준후 대표님의 공법에 따라 지은 결과물이에요."

마그레테가 차준후 옆에서 종달새처럼 이야기하고 있었다.

웃고 있는 그녀였지만 속으로는 긴장을 하고 있는 상태였다. 그도 그럴 것이 바로 옆에서 싸늘한 눈초리를 보내고 있는 실비아 디온이 있었기 때문이었다.

'괜히 미인계를 펼쳐서……'

그녀는 지금 후회막심이었다.

차준후를 미인계로 유혹해서 덴마크에 협조적으로 만들겠다는 수작은 커다란 실패였다. 그 때문에 덴마크는 스카이 포레스트 유럽 지사를 프랑스에 빼앗기는 등의 커다란 손해를 보고 말았다.

그렇지만 LNG 산업에서도 손해를 볼 수는 없는 노릇이었다.

"설계도를 따라서 정확하게 지었다면 오늘 실험에서 아무런 문제도 일어나지 않을 겁니다."

차준후가 자신감을 드러냈다.

지나친 자신감을 수도 있겠지만 이미 검증이 된 설계도였다. 원 역사에서 말이다.

잔뜩 긴장하고 있는 마그레테에게 긴장감을 풀라고 조언해 준 것이었다. 그녀의 진짜 긴장의 이유를 아직도 차준후는 몰랐다.

"대표님의 공법을 철저하게 준수했어요."

덴마크는 이번 대형 LNG 저장 탱크에 많은 심혈을 기울였다. 그러면서 LNG 산업에 사용될 기술과 시설 등에 대해서도 연구했다.

이제 막 태동하고 있는 LNG 산업에 진출해서 많은 이득을 누리기 위함이었다.

그런데 그런 이득은 스카이 포레스트와 긴밀하게 협력할 때 최고 수치에 이를 수 있었다.

차준후의 생각이 무엇보다 중요했다. 차준후가 LNG 산업의 파트너로 스카이 포레스트 유럽 지사처럼 덴마크가 아닌 다른 국가를 선택하면 큰일이었다.

커다란 성과를 내지 못하고, 빼앗기면 국민들로부터 많은 비난을 받을 것이 분명했다.

이번 실험을 위해 막대한 세금을 쏟아부었는데, 정작 재미는 다른 국가가 본다면 국민들이 좋아할 리 없었. 곧장 왕실에 대한 국민들의 신뢰도는 바닥까지 떨어지고도 남았다.

부르르!

최악의 상황을 떠올린 마그레테가 몸을 떨었다.

'뭐가 저렇게 걱정되는 거지?'

차준후는 조심스러워하는 마그레테를 보면서 고개를 갸웃거렸다. 그의 옆에 있는 실비아 디온의 눈빛이 더욱 싸늘해졌다.

"자! 이제 실험을 준비하죠. 준비는 다 끝났나요?"

"물론입니다. 이미 만반의 준비를 끝내 놓은 상태입니다."

노년의 산업기술연구소장이 이등병처럼 빠릿빠릿하게 답했다.

"바로 진행을 하는 것이 어떻겠습니까?"

차준후가 의견을 밝혔다.

그런데 덴마크 정부와 산업기술연구소의 사람들이 마치 차준후를 현장지휘관처럼 받아들이고 있었다.

"알겠습니다. 컨트롤센터로 모시겠습니다."

LNG 대형 저장 탱크에 있던 사람들이 밖으로 모두 빠져나왔다.

컨트롤센터 내부에는 많은 관계자들이 모여 있었다.

그들 가운데에 차준후를 보고서 반갑게 손을 흔들고 있는 정영주도 있었다. 대현조선소가 차준후와 긴밀하게 협력하고 있는 덕분에 컨트롤센터까지 초대를 받았다.

세기적인 실험이었기에 컨트롤센터에 들어오고 싶어 하는 사람들은 많았다. 그렇지만 넓은 공간이 아니었기에 들어올 수 있는 사람들은 한정되어 있었다.

"실험을 시작하겠습니다."

산업기술연구소장이 긴장된 목소리로 이야기했다.

푸른색의 가동 스위치를 누르자 LNG 대형 저장 탱크에 천연가스가 주입되기 시작했다. 순식간에 대형 저장 탱크의 온도가 낮아졌다.

저번 실험과 똑같은 수순이었다.

다만 다른 점이 있다면 보다 대형화되어 있다는 점이었다.

"-10도. -20도. 정상적으로 온도가 내려가고 있습니다."

"탱크 내부 압력에도 이상 없습니다."

"모든 동작 감지기가 정상적으로 작동하고 있습니다."

컨트롤센터 내부의 모든 제어 장치들이 원활하게 움직이고 있었다.

어느 곳에서도 사소한 문제조차 튀어나오지 않았다.

그러나 덴마크 산업기술연구소의 사람들은 긴장을 늦추지 않았다. 이번이 대형 탱크를 처음 가동시키는 것이기에 언제 예상치 못한 문제가 튀어나올지 알 수 없었다.

그러나 차준후는 마치 결과를 알고 있는 것처럼 느긋했다.

'제대로 지었으면 문제가 일어나지 않겠지. 완성도가

뛰어난 LNG 대형 저장 탱크이니까.'

21세기의 기술력이 듬뿍 들어가 있는 LNG 대형 저장 탱크였다.

실제로 그의 생각대로 실험은 계속해서 순조로웠다. 아무런 문제도 없이 너무나도 매끄럽게 진행되고 있었다.

"-150도. -165도. 평형 온도 도달했습니다."

"내부 압력은 어떤가?"

"정상 범위 내에 있습니다."

LNG 대형 저장 탱크에 천연가스가 액화되어 채워지는 과정까지도 모두 정상 범위 내에서 이뤄졌다. 만약 지금 LNG 대형 저장 탱크를 흔들어 본다면 찰랑거리는 물소리가 들릴 것이다.

실험은 성공이었다.

저번 시험과 상황이 완전히 판박이였다.

덴마크 산업기술연구소장을 바라보는 사람들의 눈초리는 빨리 이야기를 하라는 무언의 압박을 하고 있었다.

저번에도 일찌감치 선언을 하지 않았던가.

"액화된 천연가스가 저장 탱크에 모두 찰 때까지 지켜봐야겠지만, 현재까지로 볼 때 실험은 성공이라고 판단을 내려도 무리가 없을 듯 보입니다."

산업기술연구소장이 실험 성공에 대한 의견을 기분 좋게 밝혔다.

LNG 대형 저장 탱크에 모두 차기까지는 적잖은 시간이 필요했고, 그때까지 귀빈들에게 기다리라고 할 수는 없는 노릇이었다.

"와아아! 성공했다."

"우리가 해냈다."

"역사적인 일을 해낸 거야."

오랜 시간 LNG 대형 저장 탱크에 매달려 온 산업기술연구소의 사람들이 환호성을 터트렸다. 그들의 노고 덕분에 차준후의 LNG 특허가 마침내 실증됐다.

신화 창조였다. 어렵고 힘든 길을 걸어서 신화를 만든 것이 아니라, 아주 편안하게 만들어 낸 신화라서 더욱 특별했다.

그리고 일은 덴마크 산업기술연구소가 해냈지만 가장 많은 축하를 받는 사람은 바로 차준후였다.

"축하드려요."

"대단한 일을 해내셨어요."

"이제 LNG 대형 저장 탱크를 터미널 시설에 설치하면 되겠군요."

"성공하실 줄 알았습니다."

마그레테 공주, 정영주, 앤디 사무엘, 올리버 로런 등 많은 사람들이 차준후에게 몰려와서 축하 인사를 건넸다. 그들 외에도 유럽과 미국 등에서 참관을 온 사람들이 어떻게든 차준후에게 말을 걸려고 노력 중이었다.

"감사합니다."

차준후가 축하하는 사람들과 이야기를 나눴다.

컨트롤센터 내부는 축제의 분위기였다.

그리고 이 축제가 곧바로 밖으로 전달됐다.

밖에서 대기하고 있는 언론 관계자들이 빠른 속도로 이 사실을 소속사에 알렸고, 각국에서 파견되어 나온 고위 관료들이 차준후와 만나기 위해 경쟁을 시작하였다.

LNG 산업 시장의 본격적인 태동이었다.

* * *

LNG 대형 저장 탱크 실험 성공은 곧바로 세계로 타전 됐다.

「LNG 대형 저장 탱크 실험 성공.」
「LNG 산업 시장이 드디어 열린다.」
「불태워 버려지던 천연가스가 차준후 덕분에 비로소 가치를 가지게 됐다.」
「LNG 시장을 선점하기 위한 경쟁이 시작됐다.」

실험 성공 이후에 차준후는 왕실 별장에서 마그레테를

비롯한 덴마크 관계자들과 협의를 벌였다. 협의 자리에는 정영주를 비롯한 대현그룹과 스카이 포레스트의 사람들이 함께하였다.

"세계 최초의 LNG 운반선을 덴마크에 양보해 주면 대현조선소 건립에 전폭적인 지원을 해 드릴게요."

"음! 세계 최초의 영광을 덴마크가 가져간다는 말이오?"

"대현조선소는 스카이 포레스트에서 주문한 유조선을 만들어야 하기 때문에 도크가 없지 않나요?"

"도크는 더 만들면 그만이지요."

정영주가 능글맞게 이야기했다.

사실 추가 도크를 만든다는 건 다소 무리한 측면이 있었다. 어떻게든 사람과 시간을 갈아 넣어서 진행할 수는 있겠지만, 상당한 위험이 뒤따를 수밖에 없었다.

또한 LNG 운반선을 건조하기 위해서는 높은 수준의 선박 건조 기술뿐만 아니라, 숙련된 기술자들이 필요했다. 이제 막 걸음마를 뗀 대현조선소에겐 그럴 만한 역량이 충분히 갖춰지지 않았다.

그러나 협상을 하는 자리에서 그러한 약점을 드러낼 필요는 없었다.

"LNG 운반선을 건조할 때 대현조선소의 기술자들도 함께 일할 수 있게 조치해 드릴게요."

"그것만으로는 부족합니다."

정영주는 아직 배가 고팠다.

이처럼 덴마크가 낮은 자세로 덤벼드는 경우는 앞으로 보기 힘들지도 몰랐다. 뜯어먹을 수 있을 때 많이 먹어야만 했다.

세계 최초의 LNG 운반선을 건조를 덴마크에 양보하는 대가로 대현조선소는 상당한 이득을 챙기고 있었다.

* * *

「덴마크 정부는 스카이 포레스트와 협력해서 세계 최초의 LNG 운반선을 조기에 건조하기로 협의했습니다. 이를 통해 덴마크는 LNG 산업 시장을 선도하는 국가가 될 것입니다.」

덴마크 방송국에서 마그레테 공주의 모습이 보였다.

LNG 대형 저장 탱크 실험 성공이 세계에 퍼지면서 덴마크 정부가 승부수를 던졌다. 더 늦었다가는 미국을 비롯한 다른 국가에 LNG 산업의 주도권을 빼앗길 수도 있다는 우려 때문이었다.

- 이번 기회에 덴마크가 LNG 산업의 주도권을 잡아야

한다.

- 기회를 놓치면 땅을 치고 후회하게 된다.
- 절대 다른 국가에 LNG 운반선의 최초 영예를 넘겨 줄 수 없다.
- 덴마크의 수십 년을 책임져 줄 젖과 꿀이 흐르는 사업이다.

덴마크 왕실과 오덴세 조선소, 머크스 선박사가 협심해서 과감한 도전을 선택했다. 세계 최초의 LNG 운반선을 조기에 만들어 LNG 산업의 주도권을 잡기로 말이다.

머크스의 주문을 받아 오덴세 조선소가 만들고 있던 대형 컨테이너선이 LNG 운반선으로 개조되기로 했다. 덕분에 처음부터 선박을 만들지 않아서 LNG 운반선이 예상보다 빠르게 세상에 나오게 될 예정이었다.

물론 모험을 선택한 배경에는 믿는 부분도 있었다.

바로 차준후였다.

보통 새로운 기술이 나오면 현장에 적용하기까지 말도 많고, 탈도 많은 것이 일반적이다. 시행착오를 겪어야지만 제대로 된 기술 적용이 가능하다.

그런데 신기하게도 차준후의 특허 기술들은 아주 수월하게 현장에 녹아든다. 어떠한 문제도 발생하지 않는다.

물론 간혹 사건사고가 터지기도 했다.

그러나 이건 특허와 기술의 문제가 아니라 현장의 문제였다. 기술자들이 최신 기술에 익숙하지 않거나 현장의 시설 미비 등으로 벌어진 일일 뿐이었다.

현재까지 차준후의 특허 기술은 완벽했다.

사람들이 상상만 하던 완벽한 기술을 현실에 구현해 낸 차준후였다.

이러니 사람들이 차준후에게 열광할 수밖에 없고, 각국의 정부가 그에게 목을 매는 것이었다.

「덴마크는 1년 이내에 LNG 운반선을 만들기 위해 총력을 기울일 것입니다.」

텔레비전 화면에 거대한 선박이 모습을 보였다. 컨테이너선으로 제작되던 선박이 LNG 운반선으로 개조되는 과정이 클로즈업됐다.

거대한 선박에 개미 떼처럼 달라붙은 전문가와 기술자들이 LNG 탱크 제작에 공을 들이고 있었다.

「작업은 순조롭게 진행되고 있습니다. 우리 근로자들은 세계 최초 LNG 운반선을 오덴세 조선소에서 탄생시키고 위해 노력하고 있습니다.」

뉴스의 말미에는 시커멓게 얼굴이 탄 검은 머리의 사람들이 나오기도 했다. 그들은 대현조선소에서 오덴세 조선소로 기술 교육을 위해 보낸 사람들이었다.

「대현조선소의 오일선 차장입니다. 저를 비롯한 모든 근로자들은 대한민국 조선소 건립에 이바지한다는 일념으로 불철주야 열심히 노력하고 있습니다.」

오덴세 조선소에서 LNG 운반선의 제작이 꽉꽉 진행되고 있었고, 그 제작 현장에서 대현그룹의 기술자들이 많은 걸 배워 나갔다.

그들은 쉬는 시간에도 오덴세 조선소의 기술자들에게 달라붙어 쉴 새 없이 질문을 던지며 정말 미친 듯이 배웠다.

배움에 목말라하던 대한민국의 기술자들은 죽기 살기로 매달렸고, 남다른 성취와 진도를 보였다.

덴마크 국영 TV에서 대현그룹과 잘 협조하고 있다는 걸 보여 주기 위해 의도적으로 내보낸 장면이었다. 그리고 이 연출된 화면은 바로 차준후에게 보여 주기 위함이었다.

다행히 그녀가 우려하던 사태는 벌어지지 않았지만, 언제라도 차준후가 생각을 바꿀 수도 있는 일이었기에 끝까지 그에게 잘 보이려고 애쓰는 것이었다.

"잘 배우고 있네."

차준후가 왕실 별장에서 뉴스를 시청하고 있었다.

자신이 뿌린 씨앗으로 발생한 일이었다. 조선업에 한몫 단단히 한 것 같아서 나름 뿌듯했다.

저 기술자들이 귀국해서 대현조선소에서 일하면 이제 대한민국도 현대적인 선박 제조가 가능해진다.

"대현조선소가 본격적인 궤도에 올라서면 LNG 운반선을 주문해야겠다."

차준후는 유조선 2척에 이어, LNG 운반선까지 주문하기로 마음먹었다.

당장 급하게 주문할 필요는 없었으나, 대현조선소의 밝은 미래를 기원하는 의미에서 축하하기 위한 선물이었다.

"음…… 축하 선물이라고 하면 또 술을 마시자고 하는 건 아니겠지."

정영주는 걸핏하면 차준후에게 함께 술을 마시자고 권유해 왔다. LNG 대형 저장 탱크 실험이 성공한 날에도 직접 술을 들고 찾아왔었다.

어떻게든 조금이라도 더 차준후와 친해지고 싶은 정영주였고, 그는 사람이 친해지는 데는 술만큼 좋은 게 없다고 생각했다.

그러나 그런 의도와 달리, 정영주가 술자리를 제안할

때마다 도리어 멀어지고 있는 형국이었다.

차준후는 사업을 논의하기 위해 만나는 거라면 모를까, 개인적인 시간까지 쪼개서 정영주와 사적으로 술자리를 가지고 싶진 않았다.

가뜩이나 일에 치여 사느라 힘든데, 정영주와 술을 마실 시간이 있다면 개인적인 여가를 보내고 싶은 그였다.

물론 그렇게 두 사람이 사적으로 친밀해지지 않더라도, 스카이 포레스트와 대현그룹의 협력 관계는 무척이나 두터웠다.

특히 대현그룹에서는 대현조선소 건립 과정을 사소한 것 하나라도 빠뜨리지 않은 채 스카이 포레스트에 투명하게 공유하며, 스카이 포레스트와 원활한 협력 관계를 이어 나갈 수 있도록 움직였다.

정영주의 지시였다.

아니, 정영주의 지시가 없더라도 대현조선소의 직원들은 차준후의 특허 기술이 조선소 사업에 막대한 영향력을 미친다는 사실을 잘 알았기에, 어떻게든 스카이 포레스트와의 관계를 잘 유지해 나가야 한다는 걸 인지하고 있었다.

정영주뿐만 아니라 대현그룹의 전 직원은 스카이 포레스트와의 인연을 절대 놓지 않으려 했다.

이제는 대한민국뿐만 아니라 전 세계에 차준후와 함께

사업하기를 원하는 기업이 수두룩했다. 한 번 인연을 놓치면 다시는 함께하기 어려워질 수도 있었다.

* * *

세계 최초의 LNG 운반선 제작 이야기는 세간의 큰 관심을 끌어모았다.

그리고 LNG 탱크와 운반선 제작, 천연가스 비료 등 LNG 산업의 결정적인 특허를 가지고 있는 것이 바로 차준후였다. LNG 산업을 제대로 펼치기 위해서는 차준후와 협력하는 것이 유일한 길이었다.

다소 실추되기는 했지만 이 부분에서 현재까지는 차준후와 가장 가깝게 지내는 국가는 덴마크였다. 덕분에 덴마크는 LNG 특허와 관련된 신기술을 직접 실험해 가면서 적잖은 이득을 보고 있었다.

다른 국가의 외교관이나 고위 관료들은 덴마크에 뒤처지지 않기 위해 스카이 포레스트에 접촉하여 긴밀한 협력 의사를 내비쳤고, 조금씩 협의를 해 나갔다.

미국과 영국 등 다른 국가들은 차준후와의 만남을 통해 LNG 산업의 접근에 대해서 의견을 주고받았고, 실제로 사업을 시작한 곳도 있다는 소문까지 떠돌았다.

그러나 단 한 곳, 선진국들 가운데 계속해서 스카이 포레스트에 연락을 취하고 있으나 아직 단 한 번의 대화도 해 보지 못한 곳이 있었다.

바로 일본이었다.

이미 다른 나라들은 LNG 산업을 시작하기 위한 준비에 들어갔는데, 일본은 LNG 산업의 결정적인 특허를 보유하고 있는 차준후와 협의할 기회조차 받지 못한 탓에 손발이 꽁꽁 묶여 아무것도 하지 못하고 있었다.

이러면 일본은 LNG 산업에서 철저하게 소외되어 이후 세계 경쟁에서 뒤처질 수밖에 없었다.

특히 세계적인 조선 강국이라 불리던 일본이었기에 작금의 상황은 엄청난 위기로 다가왔다.

조선업 관계자들은 LNG 선박을 건조하는 데 족히 3년 정도가 필요하다고 봤다.

그러나 이번에 덴마크가 과감한 결정으로 내리면서 오덴세 조선소에서 1년 남짓한 시간 안에 LNG 운반선을 완성시킬 것으로 예상됐다.

일본 조선소가 잘나가고 있다지만 유럽과 미국의 조선소들보다 조금 더 앞서 있을 뿐이었다. 이대로 홀로 LNG 운반선 건조 기술을 확보하지 못하면, 가만히 앉아 다른 국가들에게 조선 강국의 위치를 내주어야만 했다.

일본 조선소 관계자들과 정부의 외교관, 고위 관료 등 수많은 이들이 어떻게든 이 위기를 벗어나고자 스카이 포레스트의 문을 수없이 두드렸다.

그러나 차준후와의 악연 때문일까. 스카이 포레스트는 일본 관계자들의 연락은 무시로 일관했다.

"어떻게든 조속한 시일 내에 스카이 포레스트와 LNG 특허 기술에 대한 협의를 진행해야 합니다."

"아무리 연락을 취해도 만나 주질 않는데 어떻게 협의를 진행합니까?"

"안 된다고만 하지 말고 일단 무조건 쳐들어가라고! 회사로 그냥 바로 찾아가면 만날 수 있잖아!"

"약속도 잡지 않고 무턱대고 찾아가는 건 결례입니다. 가뜩이나 스카이 포레스트는 우리나라에 대한 감정이 좋지 않아요. 어떻게든 원만한 협의를 이끌어 내기 위해서는 우선 정부가 수출 금지를 푸는 게 맞습니다."

현 상황을 타개하고자 모인 일본 조선소 관계자들이 서로 언성을 드높였다.

그러나 의견이 하나로 모여지지 않았다. 서로 생각이 다른 탓에 의견이 중구난방으로 튀어나왔다.

"쳇! 요즘은 사무라이 정신이 부족하다니까. 우리 때는 닥치고 돌격해서 선박 건조 사업을 따오고는 했어. 우리 미쓰비사 나가사키 조선소는 바로 스카이 포레스트를 찾아갈 거다. 그래서 일본 조선소들 가운데 가장 먼저 LNG 특허 기술 사용 허가를 받아 내고야 말겠다. 이것이 바로 사무라이 정신이다."

"사무라이 정신으로 한번 해 보세요. 어떻게 될지 눈에 훤하게 보입니다. 전 갈 때 가더라도 스카이 포레스트와 약속을 잡고서 방문할 겁니다."

"합심하자고 한자리에 모였는데 결국 각개전투로 되고 말았군요. 이렇게 되었어도 부디 나쁘지 않은 결과가 있었으면 좋겠습니다."

일본 조선소 관계자들의 협력은 결국 무산되고 말았다.

의견 통합이 되지 않은 내면에는 가장 먼저 스카이 포레스트와 협력해서 일본 LNG 산업의 주도권을 잡겠다는 조선소 사람들의 알력 다툼이 있었다.

* * *

미쓰비사 나가사키 조선소의 고위 임원인 후쿠오 전무는 일행들과 함께 일본 차량을 타고서 스카이 포레스트 정문 앞에 도착했다.

미쓰비사 나가사키 조선소는 일본에서 역사가 무척이나 깊었다. 전함 무사시를 건조한 전력이 있는 조선소이기도 했다.

앞과 뒤의 차에서 후쿠오와 함께 온 실무진들이 우르르 내렸다. 그들 중 한 명이 재빨리 후쿠오가 탑승한 차량의 뒷문을 열었다.

"내리시지요, 전무님."

"여기가 스카이 포레스트인가? 그다지 크지도 않군."

후쿠오가 스카이 포레스트의 본사 건물을 훑으며 중얼거렸다.

본사 건물은 용산 최대 크기로 화려하게 지어지고 있었다. 그 규모와 크기가 엄청나서 완공되기까지 시간이 다소 요구됐다.

지금 사용되고 있는 건물은 임시로 사용하고 있는 본사인 셈이었다.

스카이 포레스트는 이제 설립된 지 2년 정도밖에 되지 않았다. 무척이나 짧은 시간 사이에 세계적인 명성을 올렸고, 이로 인해 사람들은 오해를 하고는 했다.

일본에서 온 후쿠오는 이런 사실을 제대로 모른 채 스카이 포레스트에 대한 선입견을 가졌다. 일본이 대한민국보다 우월하다는 마음가짐이 바닥에 깔려 있는 탓이었다.

이런 시대착오적인 가치관을 가진 일본인들이 결코 적지 않았다.

매출과 영향력을 생각하면 미쓰비사는 이제 스카이 포레스트에게 명함을 내밀기에 부족했다. 그런데 여전히 미쓰비사의 입지가 더욱 높다고 여기는 건 어리석은 태도였다.

"시마 부장, 자네가 가서 방문 이유를 설명하게."
"알겠습니다."
후쿠오가 한국어가 가능한 시마 부장에게 지시했다.
"안녕하십니까."
"어떻게 오셨습니까?"
"저희는 미쓰비사 나가사키 조선소에서 LNG 특허 기술과 관련하여 스카이 포레스트와 상의를 하기 위해서 왔습니다."

시마 부장은 곧장 정문을 지키고 있는 경비원에게 다가가, 자신들이 누구이며 스카이 포레스트를 방문한 목적이 무엇인지 설명했다. 그리고 스카이 포레스트의 중역과 만나고 싶다는 의사를 전달했다.

"잠시만 기다려 주십시오."

경비가 초소로 돌아가서 상황을 설명했.

초소에 있던 사람이 본사에 전화기를 들어서 미쓰비사 나가사키 조선소 사람들의 방문을 알렸다.

"예정에 없던 만남은 어렵고, 약속을 잡고서 찾아와 달라고 하십니다."

"약속을 잡지 않고 와서 죄송합니다. 저희도 결례라는 건 아는데, 다시 한번 말씀을 해 주시면 안 되겠습니까?"

"제가 어떻게 더 해 드릴 수가 없습니다. 저는 위에서의 결정을 전달드릴 뿐입니다."

"알겠습니다. 신경을 써 주셔서 감사합니다."

시마 부장이 난처한 기색을 숨기지 못한 채 돌아왔다.

"전무님, 미리 약속을 잡고 찾아오지 않으면 만날 수 없다고 합니다."

"뭐? 지금 제대로 말하고 온 거 맞나?"

후쿠오는 무조건 만남이 성사되리라 여겼다.

좋은 일이지 않은가.

많은 돈을 벌 수 있는 기회였다.

이미 스카이 포레스트에서는 LNG 관련 기술 특허를 다른 기업들과 논의를 하고 있었다. 그리고 그 논의 대상에 미쓰비사까지 포함하면 되는 아주 간단한 일이었다.

돈을 벌기 싫다는 건가?

그는 도무지 이해를 할 수가 없었다.

"그게…… 전부 설명을 했습니다만, 약속되지 않은 미팅은 어렵다고 합니다."

"안 된다고 해서 그냥 돌아오면 어쩌자는 겐가. 사무라이 정신으로 돌격해야지. 자, 가세!"

"예!"

후쿠오가 사무라이처럼 당당한 걸음으로 경비원에게 접근했다.

"지금부터 통역을 하게나."

"네."

"미쓰비사 나가사키 조선소의 후쿠오 전무라고 합니다. 스카이 포레스트와 LNG 특허 기술과 관련하여 업무 협약을 맺고 싶어 이렇게 직접 찾아왔습니다. 나가사키 조선소는…….."

빵! 빵! 빠앙!

경적 소리가 요란하게 울렸다.

"거기 아저씨들! 여기 차 빼요! 이렇게 입구를 막고 있으면 어떻게 합니까?"

스카이 포레스트로 진입하려던 트럭들이 일본 차량에 막혀서 들어가고 있지 못했다.

"대처 뭐라고 하는 건가?"

"차를 빼라고 난리입니다."

"곧 들어간다고 기다리라고 하게나."

"알겠습니다."

시마 부장이 황급히 트럭에 다가가서 양해를 부탁한 다음에 되돌아왔다.

"내가 한 말을 다시 한번 잘 이야기해 보게."

후쿠오가 시마 부장에게 지시했다.

시마 부장이 정중하게 경비원에게 재차 방문 이유를 설명하려고 할 때였다.

"아저씨들! 차부터 빼세요! 아저씨들 때문에 상품을 실으러 온 트럭들이 대기하고 있잖아요! 오늘은 평소보다 트럭들이 많이 들어오는 날이라고요!"

시마 부장이 무어라 입을 열기도 전에 먼저 경비원이 차량을 빼라고 소리쳤다.

미쓰비사 나가사키 조선소 사람들의 차량의 뒤로 트럭이 십여 대나 줄지어 서 있었다. 평소보다 많은 차량의 출입이 예정되어 있는 날인 탓에 이대로 조금만 더 시간이 지나면 도로가 완전히 꽉 막힐지도 모르는 일이었다.

"알겠습니다."

"그리고 약속을 잡지 않고 오면 대통령이라고 해도 안으로 들일 수가 없어요."

경비원이 강하게 이야기했다.

그는 시마 부장에겐 친절하게 이야기를 했지만, 후쿠오에게는 딱딱하게 대했다.

딱 봐도 후쿠오의 태도는 무례하였다. 일본어를 몰랐지만 눈치라는 게 있지 않은가.

"더 이상 통로를 막지 말고 차를 빼세요."

경비원의 임무 가운데 하나가 바로 차량이 원활하게 오갈 수 있게 하는 것이었다.

"이 무례한……."

후쿠오는 경비원이 자신에게 목소리를 높이는 게 불편했다. 대기업 전무인 그에게 일개 경비원이 이렇게 하는 건 도리가 아니라고 봤다.

일본 굴지의 대기업 전무인 그가 어디서 이런 대접을 받겠는가.

"전무님, 우선 차를 빼야겠습니다."

시마 부장이 후쿠오를 만류했다.

후쿠오가 두 눈에 쌍심지를 켰다.

"뭐라고?"

"통행로를 막고 있어서 오히려 역효과만 불러일으키고 있습니다. 저희는 지금 협의를 하러 온 것이지, 따지기 위해서 온 것이 아닙니다."

감정적으로 행동하는 후쿠오의 언행은 도움이 하나도 되지 않았다. 함부로 행동했다가는 아무것도 얻지 못하고 돌아가야 할 수도 있었다.

"젠장! 어쩔 수 없지. 자네들 세 명이 차량을 한쪽에 주차하고 오게나."

후쿠오가 물러섰다.

결국 미쓰비사 나가사키 조선소 사람들은 황급히 정문 앞에 세워 뒀던 차량을 다른 곳에 주차를 해 둔 뒤 돌아왔다.

그리고 그때까지도 후쿠오 전무와 일행들은 여전히 정문 안으로 들어서지 못한 채 앞에서 대기하고 있었다.

"우리와 협약을 맺는 것이 스카이 포레스트에 얼마나 이득인지 알고 이러는 건가? 우리 나가사키 조선소는 세계 최고라 불리는 기술을 가지고 있단 말일세!"

후쿠오가 필사적으로 경비원에게 다시 한번 이야기를 전달해 달라며 설득했다. 그리고 그 옆에서 시마 부장이 땀을 뻘뻘 흘리면서 통역을 하였다.

"이봐요. 전 그런 건 몰라요. 저는 매뉴얼대로 행동할 뿐이고, 저를 붙잡고 그렇게 이야기해 봤자 바뀌는 건 없어요."

아까 전에 이야기를 전달한 것도 사실 경비원의 배려였다.

스카이 포레스트와 이야기를 나누고 싶어 하는 기업이 너무나도 많은 탓에 약속도 잡지 않은 채 방문한 이들은 그냥 돌려보내는 것이 기본 매뉴얼이었다.

본래라면 처음부터 이야기를 전할 것도 없이 잘라 냈을 텐데, 먼 곳에서 온 외국인이라 차마 매정하게 대하지 못하고 안쪽에 이야기를 전달해 준 것이었다.

그러니 이미 안에서 거절 의사를 밝힌 이상, 그가 해 줄 수 있는 건 없었다.

"어떻게 안 되겠습니까?"

사정이 딱해 보이기는 했다.

그런데 해외에서 달려오는 기업들이 미쓰비시사뿐만이 아니었다. 다른 기업들도 약속을 잡지 않고 무작정 달려오곤 했다.

그리고 그런 기업들 가운데 어느 곳도 본사의 정문을 통과한 곳이 없었다.

경비원이 이런 사실을 친절하게 설명해 줬다.

"지금까지 약속을 잡지 않고 찾아오신 분 중에 안으로 들어오는 걸 허락받은 분은 한 번도 보질 못했습니다. 일단 돌아가시고 추후 약속을 잡은 후에 다시 방문하시는 게 현명한 겁니다."

"그러면 이것만이라도 안에 전달해 줄 수 있겠습니까? LNG 산업과 관련된 사업 제안서입니다."

시마 부장이 후쿠오에게 받은 봉투를 경비원에게 건넸다.

"알겠습니다."

경비원은 건네받은 봉투를 경비초소 한 곳에 올려 두었다.

그곳에는 이미 수많은 봉투와 상자 등이 한가득 쌓여 있었다. 전부 스카이 포레스트 관계자들에게 전달해 달라며 부탁받은 물건들이었다.

이런 물건들이 매일같이 잔뜩 들어오고 있었는데, 전달한다고 한들 제대로 확인을 할지 의문이었다.

"후쿠오 전무님, 오늘은 이만 돌아가는 게 좋을 것 같습니다."

"이럴 때 사무라이 정신으로 돌진을 해야지."

아직까지 미련을 버리지 못하고 있는 후쿠오였다.

"전쟁을 하러 온 게 아니잖습니까. 전무님의 말씀은 이해하는데, 사무라이 정신이 통하지 않는 경우가 있습니다. 그리고 차준후 대표는 예의를 무척이나 챙기는 기업가입니다."

"후우……. 그래, 오늘은 이만 돌아가지."

후쿠오의 얼굴이 수치심과 분노로 붉게 상기됐다.

기세등등하게 찾아왔다가 아무런 성과도 얻지 못한 채 꼬리를 말고 물러나게 됐으니 그의 자존심은 크게 구겨졌다.

그는 사실 미쓰비사에서 방문했다고 하면 환영을 받을 줄 알았다. 최빈국인 대한민국에 도움을 주기 위해 온 것이 아닌가.

이는 미쓰비사뿐만 아니라 스카이 포레스트에도 커다란 이익을 줄 수 있는 거래였다.

그런데 경비원조차 넘지 못하다니…….

굴욕적인 일이었다.

무모할 정도로 저돌적으로 달려드는 성격이 그가 미쓰비사 나가사키 조선소의 고위 임원까지 오를 수 있었던 이유였다.

그러나…….

열 번째 방문했을 때도 그는 스카이 포레스트의 정문을

넘어서지 못했다. 그저 정문 앞에서 경비원에게 하소연을 하다가 되돌아오기만을 반복할 뿐이었다.

"오늘도 연락이 없습니까?"

"아무런 연락도 받지 못했습니다."

경비원들은 진입을 허락하지 않았다.

차준후가 전범 기업과는 어떠한 거래도 하지 말 것을 못 박았기에 스카이 포레스트가 후쿠오에게 정문을 열어줄 일은 없었지만, 그 사실을 후쿠오로서는 알 방법이 없었다.

차준후가 내린 전범 기업과의 거래 금지는 스카이 포레스트의 중역들만 알고 있었다.

대한민국까지 직접 찾아온 노력은 가상하지만, 그 노력에도 미쓰비사 나가사키 조선소는 아무런 성과도 얻지 못했다.

* * *

경기도 선죽리의 야트막한 야산 중턱에 자리한 작은 산골 마을.

그곳에 옹기종기 모여 있는 허름한 흙집들의 굴뚝에서 연기가 모락모락 피어올랐다.

허름한 흙집들은 판잣집보다 낫다 싶을 뿐, 언제 무너

져도 이상하지 않아 보였다. 한눈에 봐도 넉넉한 살림살이가 아님을 알 수 있었다.

실제로 이곳 마을 사람들은 허여멀건 보리죽도 마음껏 먹지 못하고 배를 곯아야만 했다.

먹는 것조차 이러했으니 자식들을 학교에 보내 교육을 시킨다는 건 대단한 사치였고, 이 마을의 아이들 중 대다수는 학교에 다니지 않았다.

도시와 농촌의 빈부 격차로 도시의 아이들이 학교를 다닐 때, 농촌의 아이들은 토끼와 닭에게 먹일 풀을 뜯거나 개울가에 가서 물고기들을 잡았다. 그리고 시간이 남으면 동네 아이들과 뛰어놀기 바빴다.

"자치기하고 놀자."

"그래! 재미있겠다."

"자치기한 다음에는 비석치기 하자."

"내가 먼저 공격한다. 받아라."

"잡았다."

아이들이 자치기와 비석치기를 하면서 신나게 놀았다.

별다른 장난감이 없어도 재미나게 노는 데 선수들이었다. 놀다 보면 시간 가는 줄 몰랐기에 밥 먹는 시간도 놓치고는 했다.

사실 집에 돌아가도 먹을거리가 변변찮기는 했다. 한창 성장할 시기였지만 산골 마을에서는 제대로 먹지 못하는 집들이 많았다.

　아이들은 열심히 놀다가 망태기에 토끼풀을 비롯한 풀을 가득 채워서 산을 내려갔다.

　집안일을 돕고 시간이 날 때마다 노는 것이 아이들의 일상이었다.

"정묵아."

"예, 아버지."

"학교에 다니고 싶지 않느냐?"

"다니고 싶어요."

　손정묵은 학교에 다니고 싶은 마음이 굴뚝같았다. 또래의 다른 아이들이 학교를 다니는 모습을 볼 때면 너무 부러웠다.

　그렇지만 어렵고 힘든 가정 형편을 알기에 차마 이야기하지 못했다.

　일찌감치 철이 들어 있는 손정묵이었다.

제12장.

고향

고향

"근처에 학교가 하나 새로 개교를 한다더구나. 다니고 싶으면 다녀 봐라."

SF 학교는 전국에 지어지고 있었는데, 그중 하나가 선죽리에 지어지는 중이었다.

물론 아직 짓고 있는 중이었고, 완공되기까지는 시간이 더 필요했다. 그러나 SF 재단은 시급히 학교가 필요하다고 판단되는 곳에는 우선 가건물을 빠르게 세워 학생들을 수용할 수 있도록 조치했다.

한시라도 빨리 학생들이 교육을 받을 수 있도록 한 것이었다. 이는 자라나는 아이들에게 교육은 무척이나 중요하다는 차준후의 뜻이 반영된 결과였다.

"열심히 배울게요. 아버지. 고맙습니다."

"녀석도. 그렇게 배우는 게 좋으냐?"

"네. 열심히 공부해서 아버지처럼 훌륭한 어른이 되고 싶어요."

"나보다는 차준후를 닮아 봐라."

"차준후 아저씨요?"

손정묵도 차준후에 대한 이야기를 들어 봤다.

대한민국에서 가장 돈이 많은 사람이라는 이야기에 무척 부러웠다.

돈이 많으면 하고 싶은 일들을 마음껏 할 수 있을 텐데…… 배 터지게 음식을 먹을 수도 있고, 도시로 가서 좋은 옷 입고 편안하게 살 수도 있었다.

"네가 다닐 학교는 SF 학교란다. 차준후가 만들어 준 학교지."

"아, 그렇군요!"

SF 학교는 무상 교육을 천명하고 있었고, 그 덕분에 손정묵이 학교를 다닐 수 있게 된 것이다. 만약 학비가 들어간다면 형편상 절대 보낼 수 없었다.

"성적이 좋으면 장학금도 준다고 하더구나."

"꼭 장학금을 받을게요."

"열심히 해 봐라. 우수한 성적을 내는 장학생들은 대학교까지 보내 줄 수도 있다고 하니까."

"와! 대학교까지요? 대학교 다니고 싶어요!"

아직 국민학교에 다닐 나이였지만, 벌써부터 대학 생활을 꿈꾸며 학구열을 불태우는 손정묵이었다.

SF 학교에서 우수 성적자에게 지급하는 장학금은 제법 액수가 컸다. 돈 때문에 학업에 집중하지 못하는 일이 없도록 마음껏 공부하라는 뜻에서 화끈하게 지원하는 것이었다.

1962년, 아직 부족한 것투성이인 대한민국이었지만 그래도 사람은 많았다.

그리고 차준후는 사람이 미래라고 여겼다.

대한민국의 밝은 미래를 위해서 스카이 포레스트는 지원을 아끼지 않았다. 돈이 없다는 이유만으로 재능을 꽃피우지 못했을 아이들의 미래가 조금씩 바뀌어 갈 수 있게 됐다.

손정묵이 기대 어린 표정으로 SF 국민학교에 등교했다.

첫날이었기에 학교 밖 운동장에는 전교생이 다 모여 섰다. 운동장이라고 해 봐야 땅을 평평하게 다진 정도였지만 이것만 해도 괜찮았다.

"안녕하세요. 여러분. 저는 종촌 SF 학교의 교장을 맡게 된 황인성 교장이라고 합니다. 이렇게 여러분들을 만나서 아주 기쁩니다."

교장선생님이 학생들을 보면서 말했다.

"저희도 반가워요."

"시골 마을에 교장선생님으로 와 줘서 고맙습니다."

"아이들 교육 잘 부탁합니다."

운동장에는 아이들이 대열을 맞춰서 서 있었고, 그 주변으로 학부모와 소문을 듣고 찾아온 어른들이 있었다.

"여러분! 열심히 공부하면 좋은 날이 올 겁니다. 책 속에 성공할 수 있는 길이 있어요. 현실이 어렵고 힘들더라도 결코 좌절해서는 안 됩니다."

황인성 교장이 열심히 강연을 하였다.

"네! 열심히 공부해서 훌륭한 어른이 될게요."

"공부해서 검사가 될게요."

"저는 의사가 될 겁니다."

똘망똘망한 눈빛을 내보이고 있는 어린아이들이었다.

대부분의 아이들이 삐쩍 마르고, 키도 작았다. 제대로 먹지 못한 탓이었다.

SF 학교에는 그동안 가정 형편 때문에 아이들을 학교로 보내지 못했던 가난한 집안의 아이들이 모인 탓에 유독 마른 아이들이 많았다.

그러나 무상 급식까지 지원하는 SF 학교였기에 이 어린아이들이 배를 곯는 일은 줄어들 터였다.

"학생 여러분들이 마음껏 공부할 수 있도록 도와주신 분이 있어요. 누구인지 아시나요?"

"차준후 아저씨요."

"스카이 포레스트 사장님이 학교를 세워 주셨어요."

아이들이 종달새처럼 소리쳤다.

그때였다. 운동장으로 검은색 포드 차량들이 들어서기 시작했다.

"와아! 무척 비싸 보이는 차네."

"높은 분이 오시나 본데?"

"누가 오는 거야?"

번쩍거리는 여러 대의 포드 차량들에서 건장한 체격의 경호원들이 내려섰고, 그 뒤를 따라 차준후가 내렸다.

"오늘 여러분들에게 훈화를 하기 위해서 차준후 대표님께서 직접 오셨어요. 모두 박수로 맞이해 주세요."

황인성이 크게 이야기했다. 그는 오늘 이 자리에 차준후가 직접 온다는 걸 알고 있었다.

대한민국의 교육에 새바람을 불러일으키고 있는 차준후의 방문이었다.

차에서 내려 주변을 둘러보는 차준후의 눈빛이 아련했다.

참으로 복잡한 느낌이었다.

푸근하면서도 한편으로는 씁쓸한 감정이 뒤섞여 홍수처럼 밀려들었다. 도무지 요동치는 심장이 진정되질 않았다.

다름 아닌 이곳이 차준후가 회귀 전 고등학생 때까지

지냈던 마을이기 때문이었다.

그에게 있어선 고향이나 다름없는 장소였다. 너무 어렸을 적에 여기 시골 마을에 있는 고아원에 버려진 탓에 진짜 고향은 몰랐기에 그는 이곳을 고향처럼 생각하고 있었다.

저 멀리 보이는 야트막한 산의 풍경이 익숙했다.

회귀 전에 그가 이곳에서 살았던 건 1970, 1980년대로, 지금보다 한참이나 시간이 흐른 뒤이지만 풍경에는 커다란 차이가 없었다. 마치 그때 그 순간으로 돌아간 것 같은 기분이 들었다.

그리고 익숙한 풍경을 눈에 담자 희미하던 추억이 떠올랐다.

'다 잊어버린 줄 알았는데……'

고아로 지내 왔던 추억들은 지긋지긋했다.

왜 자신은 다른 아이들처럼 부모에게 사랑을 받는 평범한 가정에서 태어나지 않은 것인지 세상을 참 원망하기도 했다.

그래서 죽어라 공부를 해서 대학교에 들어간 뒤로는 이곳을 단 한 번도 찾지 않았다. 그에게 있어 이곳은 안 좋은 기억이 가득한 장소였다.

그러나 이제는 그저 잊으려고 할 것이 아니라, 벗어나 앞으로 나아가기 위해 이곳을 찾기로 마음먹은 것이었다.

"차준후 대표님! 감사합니다."

"우리 마을에 학교를 지어 주셔서 고맙습니다."

짝짝짝짝! 짝짝짝짝!

박수 소리가 크게 울렸다.

운동장에 모여 있는 사람들이 차준후에게 열렬한 박수와 환영, 감사 인사를 보냈다.

어느 틈에 황인성 교장이 서 있던 자리에 차준후가 서 있었다.

"뵙게 되어 영광입니다, 차준후 대표님! 학생들에게 한 마디 부탁드립니다."

황인성이 고개 숙이며 부탁했다.

차준후의 한마디를 듣고자 하는 어린 학생들의 눈빛이 무척이나 뜨거웠다.

학생들은 대한민국에서 가장 유명하고 잘나가는 차준후의 이야기를 듣고 싶어 했다. 학생들뿐만 아니라 운동장에 모인 모든 사람들이 그랬다.

그들에게 차준후의 한 마디는 금처럼 귀했다.

지금껏 차준후는 무수히 많은 곳에서 요청하고 있는 강연을 모두 거절했다. 그러나 이곳은 그의 고향인 곳이었다.

"여러분! 용기를 잃지 말고 살아가세요. 지금은 비록 힘들고 어렵지만, 행복하게 살아갈 수 있는 사회가 올 겁니다. 그리고 그런 사회가 오도록 저와 스카이 포레스트의 모든 직원들이 노력하고 있습니다."

차준후가 담담하게 말문을 열었다.

"정말로 그런 날이 올까요?"

맨 앞쪽에 있는 꼬마 아이가 당돌하게 물어 왔다. 손정묵이었다.

강연 도중에 이처럼 말을 끊고 들어오는 건 좋은 건 아니었다.

"정묵아, 차준후 대표님이 말씀하시고 계시잖니."

"궁금한 게 있으면 질문 시간에 해야 한다."

"죄송합니다, 대표님."

황급히 학교 관계자들이 사태를 수습하려고 했다.

예의를 갖추지 못하고 중간에 난입하는 걸 대단히 싫어하는 차준후이다. 기자회견을 하다가도 기자들의 돌발 행동 때문에 곧바로 인터뷰를 취소했다는 일화는 유명했다.

"괜찮습니다. 궁금한 게 있으면 물어볼 수도 있지요."

차준후는 미소를 머금으며 허리를 숙여 손정묵과 눈높이를 맞춘 채 말했다.

"이름이 정묵이라고? 그래, 그런 날은 올 거란다. 내가 반드시 그렇게 만들 거고. 다만 그런 미래를 만들기 위해서는 많은 사람의 도움이 필요하단다. 그리고 너도 그 사람들 중 한 사람이 되어 주길 바란다."

 차준후가 손정묵과 시선을 마주치면서 다정하게 이야기해 줬다.

 "음! 그러면 열심히 공부해야겠네요."

 "너라면 잘 해낼 수 있을 거다."

 실제로 명문대에 들어가는 손정묵이었다. SF 학교에서 제대로 교육을 받으면 더욱 높이 비상할 수도 있을 것이었다.

 '이 아이가 고아원 원장님의 외동아들이었던 정묵이구나.'

 차준후는 이름을 듣는 순간 바로 그 아이가 누구인지 알아봤다. 회귀 전, 임준후로서 살아갔을 때 인연이 있는 아이였기 때문이다.

 다만 이렇게 얼굴을 본 것은 회귀 전에도, 후에도 처음이었다. 그도 그럴 것이 손정묵은 그가 고아원에 들어가기도 전에 학생운동을 하다가 세상을 떠나 버렸으니까.

 손정묵의 아버지는 외동아들을 잃은 슬픔을 달래기 위해, 안타까운 처지에 놓인 아이들을 위한 고아원을 세웠다.

 그리고 차준후는 회귀 전 그 고아원에 살게 된 것이었다.

 '원장님도 저기 계시는구나.'

차준후의 눈빛이 먹먹해졌다.

시간을 거슬러 왔기에 손정묵의 아버지는 차준후의 기억과는 달리 검은 머리카락을 자랑하고 있었다.

차준후와 시선을 마주친 손정묵의 아버지, 고아원 원장이 허리를 90도로 숙여 왔다.

꾸벅!

자식을 공부시켜 줘서 고맙다는 인사였다.

차준후도 마주 고개를 숙였다.

감당하기 어려운 인사를 받았다고 생각했는지 원장님의 고개가 땅에 닿을 정도로 내려갔다.

차준후의 인사 의미는 그를 제외하면 아무도 몰랐다.

고아로 지냈던 기억들이 주마등처럼 머릿속을 스치고 지나갔다. 간혹 즐거웠던 추억들도 있었지만, 부모가 없어서 억울하게 당하고 살았던 기억들이 대부분이었다.

'원장님, 이제 행복하게 즐겁게 사세요. 아프고 슬퍼하던 미래의 순간들은 제가 모두 지워 드리겠습니다.'

낙후된 시골 마을에 SF 학교가 세워진 진정한 이유였다. 임준후로서 받은 고마움과 은혜를 되돌려주는 것이었다.

매일 밤 산화한 아들 사진을 부여잡고 눈물 흘리던 고아원 원장의 미래는 이제 찾아오지 않을 것이다.

차준후는 반드시 그렇게 만들 생각이었다.

대한민국이 발전할수록 박정하는 엄청난 권력을 가지고 독재를 할 가능성이 있었다. 권력 욕구가 엄청나게 강한 박정하를 은근히 압박하고 있는 차준후였다.

 물론 박정하는 혼란스러운 대한민국 정국을 휘어잡으면서 나름 잘 이끌어 나가는 국면도 있었다.

 대한민국의 눈부신 경제 발전에 있어 박정하를 빼놓을 수는 없으니까.

 그러나 그 과정에서 벌어진 각종 부작용과 눈물 흘린 사람들을 간과하기도 어렵다.

 차준후는 긍정적인 경제 발전을 이끌면서 그 부작용이 최소화될 수 있도록 개입을 하고 있었다. 그러면서 군사 정권이 독재하지 못하도록 서서히 사회적 기반을 만들어 가고 있었다.

 경제적인 면에서 박정하와 협력을 하면서도 독자적으로 행동하는 이유이기도 했다.

 '민주주의 역량을 키워야만 한다. 자연스럽게 올라가도록 기다리려면 한세월이 걸려! 보다 빠르게 민주주의가 꽃피울 수 있도록 해야만 원 역사의 아픈 순간들을 지울 수 있어.'

 차준후는 아픈 순간이 지워질 수 있도록 많은 노력을 기울여 왔다.

 그렇기에 21세기의 대한민국 민주주의 정신을 1960년대에 퍼트리고 있었다. 그 움직임은 작았지만 분명히 여러 파급 효과를 일으켰다.

(내가 제일 잘나가는 재벌이다 18권에서 계속)